中华
ZHONGHUA HUN

百部爱国故事丛书

中国化学工业的先驱

——著名化学家侯德榜

陈道碧　薄凯文　编著

吉林人民出版社

图书在版编目（CIP）数据

中国化学工业的先驱：著名化学家侯德榜 / 陈道碧，
薄凯文编著 . -- 长春：吉林人民出版社，2011.3（2021.8 重印）
（中华魂·百部爱国故事丛书）
ISBN 978-7-206-07554-4

Ⅰ . ①中… Ⅱ . ①陈… ②薄… Ⅲ . ①故事—中国—
当代 Ⅳ . ① I247.8

中国版本图书馆 CIP 数据核字 (2011) 第 032616 号

中国化学工业的先驱
——著名化学家侯德榜
ZHONGGUO HUAXUE GONGYE DE XIANQU
——ZHUMING HUAXUEJIA HOU DEBANG

编　　著:陈道碧　薄凯文
责任编辑:郭雪飞　　　　　封面设计:孙浩瀚
制　　作:吉林人民出版社图文设计印务中心
吉林人民出版社出版 发行 (长春市人民大街7548号　邮政编码:130022)
印　刷:北京一鑫印务有限责任公司
开　本:787mm×1092mm　　1/16
印　张:8　　　　字　数:64千字
标准书号:ISBN 978-7-206-07554-4
版　次:2011年3月第1版　印　次:2021年8月第2次印刷
定　价:35.00 元

如发现印装质量问题,影响阅读,请与出版社联系调换。

总　序

　　《中华魂》是一套故事丛书。它汇集了我国自鸦片战争以来一百八十余年间的近百位民族英雄、仁人志士、革命领袖、先进模范人物的生动感人事迹，表现了他们作为中华儿女的伟大的爱国主义精神。

　　爱国主义是人们对于"生于斯、长于斯、衣食于斯"的祖国的一种神圣感情，是人们对于自己民族的一种强烈的责任感和使命感，是感召和激励整个中华民族的一面永不褪色的旗帜。在一百多年的中国近现代史上，爱国主义一直激励着中华儿女为祖国的独立、统一、进步和繁荣而英勇奋斗。从"苟利国家生死以，岂因祸福避趋之"的林则徐，到"我自横刀向天笑，去留肝胆两昆仑"的谭嗣同;从"铁肩担道义,妙手著文章"的李大钊,到"青春换得江山壮,碧血染将天地红"的赵一曼;从"县委书记的好榜样"的焦裕禄,到"问鼎长天,扬我国威"的邓稼先……都表现出了强烈的爱国主义精神。正是由于热爱祖国的人们前仆后继地奋斗,国家和民族才得以生存,才能够在一次次历史危急关头转危为安,走向兴盛和富强,从而屹立于世界民族之林。爱国主义是鼓舞中华儿女历经忧患、跨越沧桑、百折不挠、自强不息的伟大力量,它贯穿于中华民族的整个历史,并有力地凝聚着五洲四海的中国人。

　　爱国主义是一个历史的范畴,在社会发展的不同阶段、不同时期有不同的具体内容。革命时期,需要我们为祖国的独立自主出生入死;建设时期,需要我们为祖国的繁荣富强增砖添瓦。在全国各族人民团结一心,开启全面建设社会主义现代化国家新征程的今天，我们要争做一名新时期的爱国者。新时期的爱国者要有强烈的民族自尊心、自豪感。民族自尊心、自豪感是任何时期、任何爱国者都必须具备的情感。民族自尊心能增强我们自立向上的恒心，民族自豪感能树立我们建设祖国的信心。要树立"祖国高于一切"的崇高信念，为了祖国和人民的利益不惜抛却个人的利益，甚至不惜牺牲个人的生命。我们要树立终身学习的理念，拓宽自己的知识面，广泛吸收新知识、新技术，完善自身的知识结构，更新学习知识的方法与理念，从思想上、知识上充分武装自己，为祖国的繁荣昌盛贡献力量。

爱国主义思想的继承和发扬，是关系到民族盛衰、国家兴亡的根本问题。爱国主义思想情操的形成，需要不断地培养。培养爱国主义精神的一个重要途径是向英雄人物和典范事迹学习和致敬。这套丛书的出版，对于青少年向英雄和先进人物学习，特别是对于在中小学生中进行爱国主义教育是不可多得的生动的教材。祝愿此书出版发行成功，为培养时代新人做出贡献。

胡维革

中华魂
百部爱国故事丛书

　　侯博士主持永利，历十五年，备尝艰苦，卒底于成。其毅力精神，实堪钦佩！况侯博士兼学术与事业之长，不特为我国奠化学工程之基础，且其所著《纯碱制造》一书，尤为中外学者所共仰，允为我国工程学术界之光荣。

——恽　震

目　录

中华魂 百部爱国故事丛书
ZHONGHUA HUN

纯碱，又叫苏打，是制造肥皂、玻璃、纸张、冶金等不可缺少的工业原料，甚至烤面包做馒头也少不了它。西方国家生产纯碱已有一百多年历史，但是工艺落后，生产成本高。抗日战争时期，中国工程师侯德榜（1890—1974）研制出一种先进的制造方法——侯氏制碱法，使中国制碱业跨入世界先进行列。侯德榜也因此而赢得了"制碱大王"的美誉。他一生为发展我国的化工事业顽强拼搏，作出了不可磨灭的贡献，不愧为"科技泰斗，士子楷模"。

勤奋好学　　挂车攻读

江西、福建两省交界处的武夷山，南麓素有"奇秀甲东南"之称。这里峰岩秀拔雄伟，苍翠葱茏；潺潺溪水，依山而流。山溪昼夜滔滔不绝，汇成秀丽的闽江。闽江流经历史名城福州，继续向东南奔去，冲进波涛汹涌的东海。在福州闽侯县南台义洲有个名叫坡尾乡（今台江区宁化新村二里）的小村落，沟渠成网，阡陌纵横，竹篱板舍，鸡犬相闻，一派古朴的农家景象。1890年8月9日（清光绪十六年农历六月二十四日），侯德榜就在这里诞生。清澈的滔滔闽江水，像乳汁哺育着两岸大地，也哺育了中国化工史上的一个先驱人物。

　　侯家是个大家族，世代务农。侯德榜（字致本）排行老大，因为他的祖父希望他长大后有功德于人世，所以给他取名德榜。德榜6岁那年由祖父侯昌霖启蒙入学。但侯家田多劳力

侯德榜

少，侯德榜便一边随祖父读书，一边和父亲一起参加力所能及的劳动，过着半耕半读的生活。

　　侯昌霖教书一丝不苟，侯德榜也从来就是个勤奋好学的学生。为了学习、劳动两不误，他总是在学堂上认真地听、读、背、写，课后就参加劳动，劳动之余再抓紧时间读书。他在放牛时带着书，车水时也诵读不已，甚至在帮妈妈做饭烧水时也是口中念念有词。侯德榜的姑妈在福州城里经营一家小药店，有次他去姑妈家，姑妈让他到堆放杂物的小阁楼里找一件工具。在阁楼上，侯德榜偶然发现有几箱书，他像发现了巨大的宝藏似的，无比喜悦，因为他还从来没见过这么多的书呢！从此，德榜每隔一段时间总要找借口到城里的姑妈家去。钻进阁楼里，一待就是半天，非到吃

饭时再三催促才肯下来，回家也总是要捎带几本书。在姑妈家的小阁楼里，侯德榜知道了很多见所未见、闻所未闻的新鲜事，大开眼界。他悟出了祖父经常训诫他的"学无止境"四个字的含意。

侯德榜的姑父、姑妈对这个一来就钻到阁楼里啃书，像书耗子一样，刻苦努力的孩子打心眼里喜欢。于是，他们决心帮助他继续学习。13岁的时候，侯德榜在姑妈的资助下，进了美国教会在福州开办的一所教会中学——英华书院。

侯德榜这个农家子弟，怀着强烈的求知欲和钻研精神，离开他熟悉的竹篱板舍，进入陌生的洋学堂。他博览群书，孜孜不倦，显示出非凡的研究才能。但随着知识和年龄的增长，他的思想也开始变化。他常

想：洋人书上处处提倡博爱、自由、平等，但在福州的洋人对我们中国人怎么就不讲平等，到处耀武扬威，欺压我们？

1905年，因为美国种族主义者在旧金山制造了大规模迫害、驱逐华工的事件，烧毁华人住宅，激起中国人民的反美爱国运动。侯德榜也与同学们一起罢课抗议，被开除了学籍。14岁时，父亲让他与一个比自己大两岁的农家姑娘张淑春结了婚，以期拴住他，使他能安心经营好那几亩薄地，维持全家人的生活。但

英华书院，原名鹤龄英华书院，是1881年基督教卫理公会（美以美会）在福建省福州市仓前山（今烟台山）所办的一所私立教会中学。

1909年上海闽皖铁路学堂同窗学友（右二侯德榜）

是，新婚的妻子、沉重的生活负担并没能动摇侯德榜继续求学的决心。经他再三恳求，才免于辍学。

机会终于来了，1907年上海新成立的闽皖铁路学校到福州招生，侯德榜由于成绩优秀被保送入学。在上海期间，他亲眼见到外国轮船横行于黄浦江上，看到国民、国商是怎样受到外国人的欺侮。他怀着实业救国的抱负发愤苦读，决心以自己的知识为祖国尽力。1910年夏，侯德榜被委派到津浦铁路南段符离集车站当工程练习生。这时，他已经逐渐成熟，不再满足于只得到一个能养家糊口的工作，他想去留洋，想学习西方先进的科学技术，以科学救国。

侯 德 榜

侯德榜（1890—1974）名启荣，字致本，出生于福建省闽侯县，著名化学家，侯氏制碱法的创始人，是中国近代化学工业主要奠基人之一。1916年美国麻省理工学院化工科毕业获学士学位，1918年美国纽约市普拉特专科学院毕业，获制革化学师证书，1919年在美国哥伦比亚大学获硕士学位、1921年获哲学博士学位、1944年获荣誉科学博士学位。曾任天津塘沽永利碱厂（天津碱厂的前身）和南京硫酸铵厂总工程师兼厂长，永利川厂厂长、总工程师，永利化学公司总经理。

解放后，曾当选为中国人民政治协商会议全国委员

会委员，第二、三、四届全国委员会常委，中华全国自然科学联合会副主席，中央财经委员会委员，重工业部技术顾问等；1952年，任公私合营永利化学工业公司总经理；1953年，参加中国民主建国会，先后当选为第一、二届中央委员会常委；1955年起，受聘为中国科学院技术科学部委员；1957年，参加中国共产党；1958年，任化学工业部副部长。

1953年，在他的建议和指导下，对联合制碱新工艺继续进行补充试验和中间试验，1962年实现了工业化，成为我国生产纯碱和化肥的主要方法之一。1958年，他提出了碳化法合成氨流程制碳酸氢铵化肥新工艺的设想，经试验1965年获得成功。对我国农业的发展作出了不可磨灭的贡献。出版专著《碱的制造》《制碱》及《制碱工学》等专著10部，发表学术论文和科普作品70余篇，被誉为"科技泰斗，士子楷模"。

——著名化学家侯德榜

中国化学工业的先驱

清华学堂里创造奇迹

1911年元旦，侯德榜看到报上刊登的北京清华留美预备学堂首次公开招生的消息，他决意弃职投考。当时不少同事劝他慎重从事，不要丢了在铁路工作的铁饭碗，也有人在背后数落他是个傻子。侯德榜却不为所动，他以优异的成绩顺利通过了省里的初试和北京的复试，进入清华学堂。

清华学堂

当时清华学堂的学生大部分是富家官宦子弟，他们在清华园过着阔气的生活。相形之下，农家出身，靠公费维持生活的侯德榜显得十分寒酸。那些纨绔子弟在背后叫他"土包子"。然而，正是这个"土包子"在清华园创造了奇迹。期末考试刚过，高等科三班的同学正在教室里等待教师来公布考试成绩。教室里人声嘈杂，侯德榜却独自一人在专心看书。正在这时，一个美国教员夹着皮包进来，教室里顿时一片寂静。教师打开成绩册开始宣布成绩，念到的第一个名字就是侯德榜，他欣喜地扫视教室，看到端坐的侯德榜，脸上露出微笑，接着高声朗读："数学100分，物理100分，化学100分……"十门功课，不折不扣正好考了1000分！

　　这一特优成绩不仅使全班同学震惊，也像一枚重磅炸弹，震动了整个清华园。同学们都用惊奇、羡慕、钦佩的眼光看着侯德榜，就连那些看不起这个"土包子"的阔少们也不得不刮目相看。

1909年清华学堂第一批留美学生

麻省理工学院（Massachusetts Institute of Technology）是美国及世界理工大学之首冠，有"世界理工大学之最"的美名。

　　20世纪初期化工在世界上是一门方兴未艾的学科。侯德榜看到化学能将物质转化之理，综宏析微，是认识自然、改造自然的钥匙。发展化学工业，福国利民，是振兴中华的基础，他对化工发生了浓厚的兴趣。于是，侯德榜决定放弃铁路工程，改学化工。1912年，年仅23岁的侯德榜被公费送往美国东海岸波士顿著名的麻省理工学院学习化工科。1917年他以优异的成绩获得学士学位。学院认为他在化工上很有发展前途，决定让他参加该校化学工程实习科，去美国东部各大水泥厂、硫酸厂、染料厂、炼焦厂、电化厂参观实习。

六个月的实习使侯德榜增进了很多现代化工的活知识，开阔了眼界。

　　侯德榜鉴于祖国盛产皮毛，但皮毛工艺落后，亟待改进，于是又进入纽约卜洛克林的普拉特专科学院专修制革化学，后又入纽约哥伦比亚大学继续研究制革，攻读硕士学位和博士学位。博士论文《铁盐鞣革法》，由于突破了铬盐鞣革的传统，得到国际制革界的好评。1921年，当他领到博士学位证书时，已是三十出头的中年人。

　　哥伦比亚大学（Columbia University）位于美国纽约的曼哈顿，是世界最具声望的高等学府。整个20世纪上半叶，哥伦比亚大学和哈佛大学及芝加哥大学一起被公认为美国高等教育的三强。

"庚子赔款"与"清华学堂"

1901年9月7日，清政府与德、俄、英、法、日、美、意等11国公使订立了中国近代史上又一屈辱条约——《辛丑条约》，其中"赔款"一项规定：中国政府向各国赔款4.5亿两白银，年息4厘，分39年还清，本息为9.822亿两白银。这笔赔款因是针对"庚子事变"而设，故称"庚子赔款"，简称为"庚款"。

后来，美国出于自身利益考虑，带头"退还"本已多收的庚款，但条件是该款用于培养留美中国学生。之后，其他一些国家也陆续出自各自利益加以效仿，由此形成了一项历时近半个世纪的特殊留学活动——庚款留学。

1908年5月25日，美国国会正式通过有关议案，并通知清政府外务部，从1909年起至1940年止，将美庚款之半数，逐年逐月"退还"中国。清政府马上做出回应，命外务部与学部拟定《派遣留学生规程》。为保证计划完成，由两部共同设立游美学务处和游美肄业馆，专司考选学生留美。按照中美双方的约定：从1909年起，头四年每年选派人数不少于100名，第五年起每年50名，直至1940年"退款"用完为止。1909年秋，两部举行了首次考选，后两年又连续考选了第二批和第三批，他们中有许多人后来成为我国现代科教文化的开拓者。由于当时符合直接送美留学条件的学生并不多，为使这一留学教育保质保量，学务处奏请朝廷将游美肄业馆改为留美预备学堂，因学堂原设在清华园，故称"清华学堂"。

1911年4月29日，清华学堂开学，学生皆由各省选送，再经选拔录取。首届毕业生中有金岳霖、侯德榜、叶企孙、杨石先、汤用彤等人，他们后来都成为了各自学科的奠基者。

晚清大张旗鼓地派遣庚款留学生，主要目的是为兴办实业培养所需人才。

1928年，清华学校改为国立清华大学，但清华的留学活动仍在延续。

为民族的振兴欣然回国

　　1921年10月侯德榜登上海轮，他将回到阔别八年的祖国。此刻他归心似箭，因为，此前在美国他已接受永利碱业公司总经理范旭东的邀请，寒窗二十年，他终将施展自己的抱负。

　　说起范旭东先生，这可是一位颇有胆识的非常爱国的实业家。范旭东（1883—1945），原名源让，字明俊，湖南湘阴县人。祖父为直隶大兴县知县，以清廉正直闻于时。范旭东幼年丧父，随母谢氏和兄源濂到长沙定居，生活十分贫困。曾一度投身保节堂，靠慈善机构供养度日。

　　其兄范源濂曾与蔡锷同时就学于梁启超主讲的长沙时务学堂，因学习勤奋，深受梁启超器重，兼理该学堂事务。他半工半读，以赡养老母和培育幼弟源让读书。戊戌变法失败后，梁启超逃往日本，祸及范源濂，范源濂为躲追捕，被迫东渡日本留学。1900年，范源濂回国准备参加汉口举义，抵长沙后

范旭东

遭追捕，恐株连幼弟范源让，便带领源让东渡日本。1908年，范源让从冈山学堂毕业，以优异的成绩考入京都帝国大学理学院应用化学系深造，从而，确定了他的终生志向——化学工业。在日期间，范源让目睹日本明治维新后的国强民富，而当时中国受列强欺凌，国弱民穷，遂立志创办中国化学工业，以实业救国。为表达自己的雄心壮志，他改名范锐，字旭东。

1911年辛亥革命爆发，范源濂应蔡元培之邀出任教育次长，梁启超成为袁氏政府的司法总长。10月，范旭东满怀爱国热情偕妻回国，先在天津的铸币厂负责银元的化验分析，因不满官场腐败，愤而辞职。后其兄范源濂将范旭东安排进了财政部，并为范旭东谋得派赴欧洲考察机会，使其得以了解盐碱工业状况。当时中国资源丰富，但因盐政腐败，制盐方法落后，造成食盐不洁，洋盐遍布中国市场。不但如此，西方人还讥笑中国

范源濂（1875—1927），近代教育家。辛亥革命后，曾任教育部次长、中华书局总编辑部部长、北洋政府教育总长、北京师范大学校长、中华教育文化基金委员会董事长、南开大学董事等职。

中国化学工业的先驱
——著名化学家侯德榜

是"食土民族"。因为西方发达国家已明确规定，氯化钠含量不足85％的盐不许用来做饲料；而在中国许多地方仍用氯化钠含量不足50％的盐供人食用。范旭东用近一年的时间，考察了欧洲各大工业强国，调查了奥地利的盐专卖法，研究了奥地利和英国的制盐方法和设备……在领略西方工业文明的同时，他也饱受歧视。在英、法、比等国考察用苏尔维法制碱工厂时，他多次碰壁，不准进入车间参观。在英国卜内门碱厂参观时，竟称其看不懂制碱工艺，只看锅炉房就好。这段经历对范旭东触动很深。回国后，他深感中国盐业的落后，提出了改革方案，但政府根本不予理睬。1914年，范旭东愤然辞职，决心凭己之力自办盐厂改变中国盐业的面貌，改良盐质，"使人民有干净的盐吃，有便宜的盐吃"，同时"为中国化学工业奠定基础"。

首义广场

1914年冬天，一个年轻人孑然一身来到天津塘沽，这个人就是范旭东。塘沽是长芦盐的主要产地之一，那时的塘沽还是一片盐碱地，那一望无际白花花的盐田，在日光的照射下闪烁着晶莹的光泽，直射到这位爱国青年的内心深处，激发了他深埋已久的救国梦想，他忘情地说："一个化学家，看见这样丰富的资源而不起雄心者，非丈夫也。"此后范旭东便在附近的渔村开始了研制精盐的试验，很快纯度达90%以上精盐就试验了出来。

带着试验成功的精盐，踌躇满志的范旭东迫不及待地赶回了北京，他要筹集资金，要在塘沽筹建制盐厂，用海滩晒盐和卤水加工制造精盐。这个倡议颇得其兄范源濂及梁启超等人的赞同。1914年11月29日他们召开了第一次筹备会议,决定募股5万元作为筹建资金。到1915年4月18日召开第一次股东会议时,实收股金为4.1万元。

范旭东用募得资金买下通州盐商在塘沽开设的熬盐小作坊,又购地10亩,开始筹建"久大精盐厂"。此时范旭东31岁,正是而立之年,他对这个企业倾注了全力。因为资本菲薄,他处处精打细算,凡是能在国内制造的机械部件,都交上海求新工厂制造,少量确需进口的设备,则亲自到日本去购买。1915年夏天,塘沽的厂房正式动工。12月1日,范旭东呈报财政部盐务署要求开始制盐,12月7日获得批准。当日,工厂的机器正式开始运转,中国生产出了第一批洁白纯净的精盐。范旭东希望精盐事业长久,盼望精盐工厂大有发展,因而起名"久大"精盐公司。

久大精盐公司生产的精盐,以五角形"海王星"为商标,由于价廉物美,一上市就受到

1920年的久大精盐厂

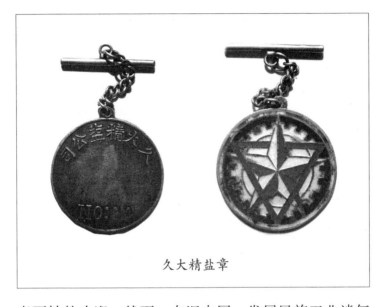

久大精盐章

老百姓的欢迎。然而，在旧中国，发展民族工业谈何容易。"久大"生产的精盐，一进入市场就受到盐商的多方抵制，当时的盐务仍承袭封建旧制——引岸制，主管方面只许久大在天津东马路设店行销，这就使"久大"的生存和发展受到威胁。即使这样，盐商还诅咒："久大久大，不久不大。"不但"强烈要求"政府禁止久大公司继续生产，还散布谣言，说"久大精盐有毒"、"精盐没有海盐咸"等，破坏久大精盐的声誉和销售。英国驻华公使甚至妄图用军舰封锁天津港，阻止久大公司的运盐船出港。面对复杂局面，范旭东采取拉拢社会名流入股等措施，在天津、河北先站住脚跟；之后，"久大"闯进长江流域的湘、鄂、皖、赣

中国化学工业的先驱
——著名化学家侯德榜

四省，引起垄断当地盐业的淮商不满。范旭东与经营精盐的同业组成"精盐公会"与之对抗，最后战胜淮商扩大了经营领域。

经过多年的经营，久大精盐公司凭借自己先进的生产技术、优质的产品和低廉的价格，逐步打破引岸专商的压制和束缚。至1925年，久大已发展成为中国最大的精盐企业。资本由原来1915年第一次股东会议时的4.1万元已增至250万元。年产量由最初的1 800吨增到30 000吨。

久大精盐公司驻津办事处旧址已作为天津市历史风貌建筑被修缮保护。

引 岸 制

　　盐商独占运盐引销区域的专卖制度称引岸制，是中国历代官府对商人引盐行销的专卖制度。源于五代后周显德元年（954年）的划区行销。所划地区称"引界"或"引地"。宋行引法，商人向政府购引后（即取得贩运销售盐专利的凭证），即可凭引支盐运往指定区域，这种制度使盐商们以包买包销的手段控制了区内盐业生产和销售市场，别人插手不得，否则就叫"越界为私"，"以私盐论处"。

永利盐滩引水风车

中国化学工业的先驱
——著名化学家侯德榜

打造"化学工业之母"

　　碱是重要的化工原料之一,被称为"化学工业之母"。碱不仅是人民生活中的必需品,而且是冶金、石油、机械、纺织、造纸、玻璃等多种工业都离不开的原材料。然而从20世纪初开始,中国的碱市场却一直被英国卜内门公司所垄断。1914年第一次世界大战爆发,欧亚交通阻塞,"洋碱"的进口中断,卜内门公司为了攫取高额利润又存货不放,使碱价骤涨七八倍。一些以碱为原料的工业纷纷停工。范旭东等人有鉴于此,决心打破帝国主义列强在中国的垄断市场,自己创办制碱工厂。

卜内门公司

　　卜内门公司上海总部旧址,现位于上海黄浦区四川中路133号。卜内门公司(Brunner Mond &Co)为英国帝国化学工业集团(Imperial Chemical Industries,简称ICI)的前身,创建于1873年,生产经营纯碱、肥料、农药等化工产品。1900年在上海设立公司,1928年改为卜内门洋碱有限公司。

纯碱的用途

化学名称：碳酸钠，英文名称：Soda，Soda ash，Sodium carbonate。别名：苏打、工业碳酸钠、纯碱。普通情况下为白色粉末，分子式：Na_2CO_3。

纯碱广泛用于工业，一小部分为民用。在工业用纯碱中，主要是轻工、建材、化学工业，约占2/3；其次是冶金、纺织、石油、国防、医药及其他工业。玻璃工业是纯碱的最大消费部门，每吨玻璃消耗纯碱0.2吨。化学工业用于制水玻璃、重铬酸钠、硝酸钠、氟化钠、小苏打、硼砂、磷酸三钠等。冶金工业用作冶炼助熔剂、选矿用浮选剂，炼钢和炼锑用作脱硫剂。印染工业用作软水剂。制革工业用于原料皮的脱脂、中和铬鞣革和提高铬鞣液碱度。还用于生产合成洗涤剂添加剂三聚磷酸钠和其他磷酸钠盐等。食用级纯碱用于生产味精、面食等。

1917 年，范旭东就和几个志同道合的朋友开始筹划创办制碱厂。他们分别是东吴大学化学系任职的陈调甫，上海大效机器厂厂长兼总工程师、数理学家王小徐，东京工业大学电气化学专业毕业的李烛尘。这年冬天，范旭东与陈调甫、王小徐三人在天津日租界宫岛街（今鞍山道）太和里自己家中，采用苏尔维法制碱试验获得了成功。

陈调甫（1889—1961），又名陈德元。陈调甫是塘沽永利化学工业公司的创办人之一。1929 年创办永明漆厂。研制生产出著名的"永明牌"酚醛清漆，是我国涂料工业发展史上一个光辉的里程碑。

1918 年 11 月，范旭东在天津召开了永利制碱厂（永利化学工业公司塘沽制碱厂）创立会。同年冬季，派陈调甫去美国考察制碱生产技术，购买机器设备，并招揽技术人才。1920 年 5 月 9 日，永利制碱公司召开第一次股东会，选出周作民为董事长，范旭东为总经理。开始募集资金 40 万银元（1924 年股金达到 300 万元）。

听说范旭东在天津塘沽开办碱厂，时任卜内门公

李烛尘（1882—1968），原名李华，曾用名华揩。曾任久大盐业公司技师、永利碱厂成立初任经营部长，而后与侯德榜轮值厂长。后任永利化学工业公司副总经理、久大盐业公司总经理、青岛永裕盐业公司董事长。

司中国总经理的李德立对范旭东说："碱在贵国确实非常重要，但是您现在来办碱厂还是早了一些。依中国的条件来看，再过30年办也不算迟！""我只恨没有早办30年！事在人为，落后了就要奋起直追。现在来办，还不算晚！"范旭东针锋相对地回答道。

1919年，近代中国最大的制碱厂——永利碱厂在天津塘沽破土动工。

1920年9月，农商部以第475号令批准永利制碱公司注册。永利制碱公司可设工厂于塘沽，资本总额为银洋40万元。特许工业用盐免税30年。并规定，塘沽周围百里以内，他人不得再设碱厂。公司股东以享有中国国籍者为限。

在华商李国钦的推举下，在美国的陈调甫见到了正在哥伦比亚大学研究院深造的侯德榜。通过陈调甫

中国化学工业的先驱
——著名化学家侯德榜

永利制碱厂外景和它的制碱车间

的介绍，侯德榜了解到国际垄断集团对先进制碱技术的封锁，卜内门公司在我国的行径，以及他们准备兴办民族制碱工业的决心和范旭东求贤若渴的迫切心情。

1921年6月，就在侯德榜学业完成的时候，侯德榜收到一封来自祖国的不寻常的信件，寄信人是爱国实业家范旭东先生，远隔重洋的范旭东向他发出邀请，恳请他回国共同振兴祖国的民族工业，聘请他担任永利制碱公司的工程师。侯德榜本来怀有报国之志，虽与范旭东尚未谋面，但范旭东那种孜孜不倦追求事业的精神，强烈的"实业救国"的决心，早已令他肃然起敬。遇到这个机会他毅然决定放弃所学的制革专业，接受范旭东的邀请，弃革从碱。

1921年10月，侯德榜毅然离开美国返回祖国，回到阔别了八年的坡尾乡。1922年初侯德榜告别亲人，只身北上天津塘沽。

银行家周作民与永利制碱厂

1917年5月金城银行成立，周作民（1884—1955）出任总经理，历32年之久，并担任董事长十多年。其间还兼任永利制碱公司董事长、民生实业公司常务董事等，是一位拥有经济实力和一定影响的金融界知名人士。

周作民早年在日本留学，对日本三井、三菱集团的发展及银行资本和产业资本的融合作过研究，他担任金城银行总经理后，提出金城

金城银行旧影（现位于天津市和平区解放北路108号）

——著名化学家侯德榜

中国化学工业的先驱

银行对民族工商业的放款要能"有助于工商业的发展，密切金融和实业的关系"。

1914年范旭东从日本学成回国，在天津创办盐业公司，抵制了日本精盐到中国的倾销和垄断。接着又筹划创办碱厂，但短缺资金。为此，周作民给他以支持。1921—1926年范旭东在金城银行贷款近百万元，虽然天津金城银行对此放款有顾虑，但周作民力排众议。有了周的支持，范旭东等花了四五年时间，解决了大批量生产问题，成功生产出国产"红三角"牌纯碱，不仅行销国内，还冲破垄断，打进日本和南洋市场，使民族制碱扬眉吐气。随后周作民又支持资助范旭东筹办永利铔厂。1934年永利化学工业公司成立，200万元新股由金城等银行承购，后金城联合中南、上海等五家银行组成银团，由银团先给范旭东巨额贷款550万元，同时由银团主持发行公债1000万元，在未发行之前，银行仍予以通融使用。这时交通银行又加入银团。六家银行提供借款和贷款比例，金城占20%。总计金城对永利公司的放款，到1937年6月止余额达245.1万元。而范旭东由于得到周作民及国内金融界的有力支持，1937年2月终于建成了永利铔厂，填补了国内化学工业一项空白，为农业生产提供了新型的肥料，是当时亚洲第一流的大厂。

1951年6月，周作民由香港回到北京，列席中国人民政治协商会议第一届全国委员会第三次会议，并担任政协全国委员会委员。1951年9月，金城、盐业、中南、大陆、联合五银行实行公私合营，他任联合董事会董事长。1952年12月，全国60家合营银行和私营银行成立统一的公私合营银行时，他担任联合董事会副董事长。在我国对私营金融业的社会主义改造整个过程中，周作民都能积极响应党的号召，接受改造。与此同时，周作民又将他的巨额资产、名人字画等珍贵文物全部捐献给国家。他的爱国热忱和爱国行动，得到了国家文化部的褒奖。

揭开"索尔维制碱法"的秘密

从 1919 年永利碱厂建厂到 1926 年，长长的 7 年里，永利一直没有"正式"生产，因为他们始终在进行着制碱技术的"攻关"。当时世界上最先进的制碱技术是"索尔维制碱法"，虽然索尔维制碱法的原理很简单，但是具体的生产工艺却为被索尔维集团所垄断，七十年来绝对保密，从不外传。当年为了掌握这项技术，陈调甫在李国钦的帮助下，从曾在马叙逊碱厂（Mathieson Alkali Works）工作的孟德（W.D.Mount）工程师手中，以二万美金的高价购得了索尔维制碱法生产工艺的厂房设备设计蓝图。在根据国情作了较大修

索尔维

改后，永利依此购置设备，进行制碱，然而在生产中却是问题频出。

索尔维法制碱的特点之一是连续生产，整个工艺流程中所有的机器设备，节节相连，形成一个完整的系统。全过程有七个主要部分，生产只有在七个部分都正常运转的情况下才能进行。如有一个部分发生故障，平衡失去控制，生产就会受到严重影响，甚至会发生事故。因此，采用这种流程要求有高超的技术和严密的管理。

永利制碱公司刚试车的时候，技术人员对索尔维法技术不熟，再加上许多机器都是临时拼凑的，很不配套。在试车过程中可能发生什么问题，有哪些应注意的地方等方面都胸中无数，整个试车犹如在汪洋大海中盲目航行。那时，侯德榜总是身穿工作服，脚蹬大胶鞋，日夜奋战在车间里，就连吃饭都没有准定的时间和地点，经常是公

侯德榜塑像

务员提着饭到处找他。厂里哪儿有问题，他就赶到哪儿；哪儿有危险，他就出现在哪儿。

永利碱厂

有一天晚上，侯德榜正习惯地站在机器旁观察生产情况，还一面吃着晚饭。突然一个工人匆匆赶来，大呼："侯博士，煅烧炉结疤了，把送碱的绞刀咬住了，请快去看看。"侯德榜一听放下饭碗就往煅烧车间跑去；热气烤人的煅烧车间已经停车，几个工程师正在商量解决办法，意见纷纭。侯德榜一时也找不出原因，他随手拿起一根铁棒，往煅烧炉里捅，想把炉头的疤先捅开，暂时恢复生产。不一会儿，他的全身都被汗水浸透了，两眼直冒金星，晕倒在地。当他在医院刚醒，就急于了解煅烧炉的处理情况，他非常后悔自己在现场的鲁莽行动。没有向医生辞别，他就拖着虚弱的身体擅自回厂了。难怪当时的报纸说他："奋不顾身，寝馈于工厂，从事死拼。"解放后，陈调甫先生在回忆那段生活时也曾说："侯德榜工作极努力，'身先士卒'，埋头苦干，穿了蓝布工作服同工人一起操作，数十年如一日。"

索尔维制碱法

1862 年，比利时人索尔维（Ernest Solvay，1838—1922）发明了以食盐、氨、二氧化碳为原料制取碳酸钠的"索尔维制碱法"（又称氨碱法）。此制碱法首先由氨气、水、二氧化碳反应生成碳酸氢铵，其再与氯化钠反应得到碳酸氢钠和氯化铵，碳酸氢钠加热分解即得苏打（碳酸钠）。此制碱法实现了连续化生产，使纯碱价格大大降低。此后，英、法、德、美等国相继建立了大规模生产纯碱的工厂，并成立了索尔维公会，对会员以外的国家实行技术封锁。除了技术之外，营业也有限制，例如中国市场由英国卜内门公司独占。

索氏制碱法的主要化学反应式为：

①$NaCl + CO_2 + NH_3 + H_2O \xrightarrow{\quad} NaHCO_3\downarrow + NH_4Cl$

②$2NaHCO_3 \xrightarrow{\triangle} Na_2CO_3 + CO_2\uparrow + H_2O$

③$2NH_4Cl + Ca(OH)_2 \xrightarrow{\triangle} 2NH_3\uparrow + CaCl_2 + 2H_2O$

"红三角"牌纯碱成为世界名牌产品

1924年8月13日，永利碱厂宣布正式开工出碱。工程师们和工人们都在各自的岗位上，全厂的机器都在正常运转，不少人聚集在出碱口，热切地希望及早地见到中国碱的诞生。碱终于出来了，然而令人遗憾的是，花费了好几年的时间和精力，投入了200多万银元，生产出来的竟是红黑相间的劣质碱。一时间股东们怨声载道，社会舆论冷嘲热讽。不少股东失望灰心，有的股东要求撤换侯德榜，另聘外国专家来主持技术工作。面对这种局面，范旭东没有一点责备和埋怨，而是顶住了股东们的压力，努力说服多数股东接

天津红三角广场

受他提出的"在开车中谋求解决技术问题"的主张。同时，劝慰侯德榜，不要被"小小挫折"吓倒，鼓励他"破釜沉舟，背水一战"。侯德榜深为感动，遂"一意从事死拼，谋求技术问题之解决"。

还有更为雪上加霜的事。永利从创办时就上文政府，请求准许制碱用盐免税，经多方面周旋，终于得到特许。可是盐税又作为"善后大借款"的抵押品，被英国人所控制。为了打压永利碱厂，卜内门公司游说北洋政府财政部盐务稽核所的英籍会办丁恩（Sir Richard Dane），通过丁恩促成了《工业用盐征税条例》，规定"工业用盐每担纳税2角"。这将使每吨碱

天津"红三角广场"上的天津碱厂创始人铜像。从左至右为：李烛尘、范旭东、侯德榜。

的成本凭空提高8元，使永利更难立足。范旭东上告北洋政府行政院，起诉财政部盐务署违反政府颁布的准予工业用盐免税30年的法令。几经周旋才得胜诉，同意永利继续免税用盐一年。

1925年春，在侯德榜等人的努力下，产品初见改善，颜色开始转白。不料，此时四台主要制碱设备船式煅烧炉却被全部烧坏，全厂被迫停产。要恢复运转和继续改进，需要大量资金。盐税"暂免一年"也即将到期。股东们意见分歧更为强烈。消息传到英国伦敦，卜内门公司总裁尼可逊喜出望外，当即赶来中国，表示愿意与范旭东"合作"，以高于建厂资金一倍的代价接收永利碱厂。英国卜内门公司是以化工产品称雄于世界的企业之一。世界上任何角落，尤其是在殖民地半殖民地国家里，几乎到处都有他们的营业机构。中国幅员广阔，国穷人多，是他们最好的经济侵略对象。范旭东立刻识破了英国人的真正目的，他们显然是想乘机吞并永利，以便彻底控制中国的制碱业。卜内门公司在中国的总经理李德立一再要求范旭东与之会谈，最后约定在大连会面。在大连会谈中，卜内门方面反复炫耀自己资金充足，技术力量雄厚，条件优越，力劝永利接受卜内门的资金和技术。侯德榜在范旭东的领导下，和孙学悟、余啸秋紧密配合，本着宁为玉碎不为瓦全的决心极力避开尼可逊关于技术、经济"合作"的建议，坚持公司章程规定的"股东只限于享有中国国籍者"，提出如违反章程会影响政府所许的特权，对永利有害无益。尼可逊见永利态度坚决，也无可奈何，一无所获，黯然而归。范旭东回到永利召开了一个董事会。范旭东在这次大会上得到了全体董事的理解和支持，永利空前团结，一致对外。这一年5月，上海发生"五卅惨案"，激起全民公愤。永利借这个时机，在上海的一份英文大报《大陆报》上发表题为《请看英人摧残国货毒辣手段》的文章，披露工业用盐收税法令出台的经过，谴责丁恩侵犯主权、摧残我国工业。这篇文章引起了强烈反响。丁恩等人

作为永利碱厂标志性设备的白灰窑是索尔维制碱工艺中的必不可少的

中国化学工业的先驱

——著名化学家侯德榜

慑于舆论，将工业用盐免税再延期5年。盐税的问题终于得到了解决。

而为了寻找设备被烧坏的原因，跨洋的巨轮则再一次把侯德榜载到大洋的彼岸。谁知，早闻风声的美国制碱业已明令任何制碱公司不准中国人参观。

在美国纽约的侯德榜，一时难以开展工作。为了克服美国封锁制碱工艺流程资料所造成的困难，侯德榜白天在美国的一家碱厂周围转，通过目测这家碱厂的烟筒、塔罐和所有能隔着墙看到的东西，推断他们的生产规模和工艺流程，以补充自己的设计。夜里，他则研究电学、计算和基本化学，决心以自己的努力，彻底打破列强对制碱工艺的垄断。

一日复一日，考察虽有进展，制碱失败的原因仍未查出，侯德榜心急如焚，他得悉范旭东在国内被绑架，经黎元洪调解才获救后，心中更是焦急，如果再这样拖下去，永利定垮无疑。此刻，受雇于永利制碱公司的G.T.李回美探亲，到了纽约，他同侯德榜一道四处奔走，但却仍是到处碰壁。

这时，侯德榜采纳了一位随行技师提出的找美国碱厂工人谈话的建议。第二天下午，他们来到一家碱厂对面的酒吧间要了一桌酒菜，静静等待碱厂工人下班。不一会儿，下班的工人从厂里鱼贯而出，酒吧间的生意也随之兴隆起来。那位技师拉了一位老工人进了酒吧，交谈中，侯德榜将话题引到制碱上，谈过一些工艺流程后，便问起了干燥锅，因这次永利开工失败，就是因为干燥锅出了问题。这位老工人听了侯德榜的叙说后哈哈大笑起来。

果然，美国商人卖给永利的干燥锅，不但质量差，而且早已为欧美各国碱厂所淘汰。侯德榜是个极不爱动感情的人，弄明原委后，作为一个学者，他感到耻辱，感到愤怒，心中充满着一种受了欺骗而难以名状的愤恨之情。他马上打电报给范旭东，汇报了这一情况。范旭东当即表示：不惜重金，买他们最先进的干燥锅。经G.T.李与美方周旋，最后终于买到了新的圆筒形干燥锅。

汽笛长鸣，驶向中国塘沽港的客轮终于在期盼中，缓缓离开了纽约港码头。三十多岁，正处壮年的侯德榜，穿着一身半旧的西装，凭倚栏杆，充满眷恋而又愤恨地告别他此生第二次踏上的这片美利坚的国土，坚定了一种要用科学拯救愚昧、落后、病弱的祖国的信念。

侯德榜回国后，夜以继日地工作，用严谨的、毫厘不放的态度，对碱厂上下全部制碱的工艺，进行了较大规模的改革。

终于，制碱失败的原因被找到了，主要是由铁锈造成的。

1926年6月29日，永利碱厂第二次开车生产。全厂沉浸在紧张而喜悦的气氛中，侯德榜和全厂职工都在各自的岗位上严阵以待。各式各样巨大的机器开动了，从操作现场陆续传来"一切正常"的报告。但是，在没有见到合格的产品前，人们还是有点担心。随着一声"出料"的命令，顿时，洁白的碱面从出料口倾泻而出。久久围在四周的人们不约而同地欢呼起来："白的，雪白的！"经过多年的苦战，他们终于成功了。范旭东提议将这种产品取名为"纯碱"，以区别于"洋碱"。

万国博览会

万国博览会

1851年，英国为了展示史无前例的昌盛和强大，举行了世界史上的第一次博览会，名为万国工业博览会。为此，在伦敦海德公园修建了专门的会址，起名叫"水晶宫"。万国博览会最初以美术品和传统工艺品的展示为主，后来逐渐变为荟萃科学技术与产业技术的展览会。

1933年，在美国芝加哥举办了主题为"一个世纪的进步"的世博会。这是第一次有主题的世博会。从此以后，每一届世博会都确定了一个极富意义的主题。

水晶宫

　　1926年8月，为纪念美国建国150周年的万国博览会在费城举行。博览会盛况空前，世界各国的产品竞相争妍。在中国产品的展览场地，人们看到一袋雪白的永利纯碱。那袋正面中央印着新颖别致的商标——红三角牌。上面印着刚劲有力的"中国永利"四个字，下方是"纯碱"两个大字。在这次博览会上，中国永利制碱公司的纯碱，获得"中国工业进步的象征"的评语，荣膺大会金质奖章。

　　消息传来，国人无不为之振奋。工业落后的旧中国居然生产出了世界名牌产品，这不能不说是我国近代经济史上的一件大事。当喜讯传到塘沽时，侯德榜高兴得第一次换上白领西装，和同行们举杯庆贺。

　　1928—1937年，永利纯碱产量从257 981担增至612 410担；销量从209 491担增至650 005担，产品不但畅销国内，而且远销日本和东南亚各国，并具备了在国际市场上与英国帝国化学公司和日本三菱公司同类产品相抗衡的能力。

"红三角"纯碱荣获1926年美国费城万国博览会金奖奖证

这一巨大成就标志着我国近代民族化学工业的崛起，从而结束了帝国主义者以一盎司黄金一磅碱的不等价交换来掠夺中国人民血汗的历史。与此同时，也带动了与纯碱有关的玻璃、纺织、印染、食品、造纸、制革、酿造、医药等民族工业的兴起。

然而，竞争对手又怎么甘心中国市场被永利所抢占，这期间卜内门公司竟采取了降价抛售洋碱的办法，以期挤垮永利。卜内门公司在中国市场上把碱价一降再降，一直降到只有原来售价的40%。面对强大的对手，范旭东决定以牙还牙，利用他对日本碱市场的熟悉，将价格战引向日本市场，以"围魏救赵"。

当时日本工业较发达，是卜内门公司在远东最大的市场。欧战刚停，百废待兴，卜内门的产量有限，能运到远东来的碱为数不多。而为了对付永利，卜内门又把大量的碱运到中国，日本的碱市场必然相对紧张，永利决定趁机进入日本市场。当时范旭东了解到：日本的三菱和三井两大财团间竞争非常激烈，三菱公司因为有碱厂，碱源充足而处于有利地位，而三井公司因无碱厂正处于下风。范先生迅速与三井协商，委托三井在日本以低于卜内门10%的价格代销永利产品的红三角牌纯碱。三井很快与永利达成了协议。

这个办法真是一举击中了卜内门的要害。永利在日本低价售碱，迫使卜内门不得不随之降价，由于卜内门的碱在日本的销售量远远大于在中国的销售量，这一降价使其元气大伤。

权衡利弊，卜内门无奈只得和永利讲和，声明今后在中国市场上决不再搞降价竞销，倘洋碱价格变动，需先征得永利一方的同意；并协议由卜内门公司在日本为永利代销纯碱，付给永利三十万银元的保证金。1937年5月，永利又与卜内门公司订立了在我国市场按比例分销的协定。协定规定分销比例：永利占55%，卜内门公司占45%。在旧中国，一个民族企业，在同国际垄断集团的竞争中，不但没有被吞掉，而且在配售比例上还能压倒他们，这确实是绝无仅有的。

1933年，范旭东这样写道："我们在世界秘密中寻出一条路线。受尽工业技术上折磨和世界托拉斯的压迫与引诱，差幸还没有屈服。现在每年进口的洋碱由一百万担减至四十八万多担了。"

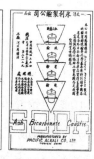

永利碱厂广告

永利碱厂的历史变迁

天津碱厂

1917 年，永利碱厂（后称为永利化学工业公司塘沽制碱厂）成立，范旭东与王小徐、陈调甫实验制碱成功。

1920 年，"红三角"牌商标经商标局核准发给注册证证号 16510 号。

1930 年，永利碱厂生产的"红三角"牌优质纯碱在比利时工商"国际博览会"上荣获金质奖章。

1941 年，新法制碱实验成功，定名为"侯氏制碱法"。

1955 年，永利碱厂、久大精盐厂合并，改称"公私合营永利久大化学工业公司沽厂"，简称永久沽厂。

1968 年，更名为化学工业部天津碱厂。

1972 年，更名为天津碱厂。

中国化学工业的先驱
——著名化学家侯德榜

公开技术　出版《纯碱制造》

　　永利通过十年苦战，终于熟练地掌握了索尔维法制碱的工艺流程，并积累了一套完整的经验。在碱厂生产成功之后，此时的侯德榜想起了美国老师杰克逊常说的一句话："科学技术是属于全人类的，它应该造福于人类。不造福人类的学问，是不能称其为科学的。一个真正的科学家，决不能把科学技术作为谋求个人财富的工具。"

　　侯德榜决意要撰写一部全面阐述索尔维法制碱技术、工艺、设备的著作，将制碱经验公布于世，打破索尔维集团的技术垄断，让世界各国人民共享这一成果。

　　侯德榜的计划得到了范旭东的支持，并为他配备了助手协助其工作。侯德榜明白，写一本前无古人的著作谈何容易！但既然已经下定决心，任何困难也挡不住。侯德榜的书桌上堆满了笔记本、记录

侯德榜塑像

孙学悟（1888—1952），早年为同盟会会员，参加过辛亥革命。先留学日本早稻田大学，后又官费留学美国。1915年获哈佛大学博士学位。

报表、图纸、手册和几本薄薄的专业著作。他和永利的技师、工人们反复切磋，在黄海化工研究社图书馆查阅资料，和社长孙学悟博士研讨问题。为了打破索尔维集团的技术封锁，便于开展国际学术交流，侯德榜决定用英文撰写这本专著。他的写作力求翔尽、确切，既有理论指导，又有实践经验，做到知无不言，言无不尽。整整花了一年多的时间，初稿终于完成了。

1931年，侯德榜得到北京中华促进教育文化基金会的资助，出国进修。他利用这一机会，对《纯碱制造》的初稿进行全面的修改和整理。杰克逊教授也热情指导和帮助他。美国化工学会第一次接受中国学者的著作，列入化学丛书第65卷，1933年《纯碱制造》（Manufacture of Soda: with Special Reference to the

中国化学工业的先驱
——著名化学家侯德榜

Ammonia Process）在纽约出版。

在该书前言中，侯德榜写道："本著作可说是对存心严加保密长达世纪之久的氨碱工艺的一个突破。书中叙述了氨碱制造方法。对其细节尽可能叙述详尽，并以做到切实可行为本书的特点。书中内容是作者在厂十多年从直接参加操作中所获的经验、记录以及观察、心得等自然发展而形成的……总的来说，制造厂已得到本工业独特要求的充分保护，而其细节只能通过多年实际操作亲身体现方可获得，至于工厂的特殊环节可以说任何一个好的设计师通过一些试验都能得到好的解决方法，所以无必要为本工业对外保密……在物理化学这一领域中处理大量气体与液体的

黄海化学工业研究社全体董事合影（右一为侯德榜）

经验及数据应当公诸于世界，为其他化学工业所利用。这是出版此书的基本动机。"这段前言，恰如其分地概括了侯德榜著书的宗旨。侯德榜在书中毫无保留地把自己从艰辛劳动中点滴积累起来的经验，不厌其详地介绍给读者。他这种一心为推进世界科学技术前进的坦荡胸怀和崇高思想获得了学术界的尊敬和赞扬。像所有严肃而谦虚的学者一样，他从不骄傲。在卷首的显要位置恭敬地写着："献给亲爱的朋友，帮助过我的老师杰克逊教授。"在前言中，他列出在写作过程中参考过的文献的作者，并对所有在写作过程中出过力，做过贡献的人一一列名，向他们表达由衷的谢意。

这部专著一经问世，立即引起世界化工界的广泛关注。它打破了比利时索尔维国际集团对索尔维法（即氨碱法）长达七十多年的保密和技术封锁，向世人完整地、系统地、全面地公布了索尔维法的全过程，使索尔维法制碱技术成为全人类的共同财富。当时在我国燕京大学执教的 O.E.Wilson 教授认为："专著是中国化学家对世界文明所做的重大贡献"。

这以后，国内学术界和美国化学会、机械学会的一些朋友，不仅对《纯碱制造》的出版给予热烈的祝贺和赞扬，还提出中肯的建议和善意的批评。有的甚至把自己珍藏多年，还未发表的资料寄来，以供侯德

　　黄海化学工业研究所旧址已成为全国化工系统、天津市和塘沽区的"爱国主义教育基地"和天津碱厂的厂史展览馆。

榜充实第二版之用。侯德榜还收到大批向他请教制碱技术的信件。在纽约，还经常有一些素不相识的外国人和中国留学生，前来讨论制碱技术。

尽管侯德榜得到了许多赞誉，但他仍然在静心思索，他决心从需要和可能两方面考虑，对《纯碱制造》进行认真的修订、充实，使它日臻完善。侯德榜在美国翻阅了大量文献资料，搜集美、苏、日制碱工业的最新进展情况，走访许多化工界著名人士，征求他们的意见，共同探讨有关制碱工业的技术问题。回国后，由于抗日战争的形势，常常是只能带着修改提纲、书稿和资料到处搬迁，在艰难的条件下进行修改。但是侯德榜发扬坚韧不拔的苦斗精神，终于断断续续地完成了全部修订工作。

1942年，《纯碱制造》第二版在纽约出版，再次受到学术界的热烈欢迎。许多经济落后的国家都为侯德榜博士能有这样宽阔的胸怀和大度的举止而感到由衷的敬佩，并对他致以深深的感谢。1944年，巴西政府派人到纽约，请求侯德榜协助设计新建碱厂，培训技术人员和指导开工。印度塔塔化学公司新建的索尔维法纯碱工厂，投入了巨额资金，开工多年始终不能正常，产量只有生产能力的1/10左右，而且质量也很差，又得不到英美各国的技术援助，迢迢万里赶到纽约，

黄海化学工业研究社旧址

请求侯德榜给予技术援助。对这两个新兴的制碱国家，侯德榜都给予热情的帮助。尤其是对印度塔塔公司的米达浦碱厂，前后五次到厂指导，选派永利工程师常驻该厂进行技术指导，使生产迅速改观，推动了印度纯碱工业的发展，为中印两国人民的友好关系播下了种子。

为了表彰侯德榜的功绩，中国工程师学会在第五届年会上，授予侯德榜荣誉金牌。时任中国工程师学会主席恽震先生在大会上说："侯博士主持永利，历十五年，备尝艰苦，卒底于成。其毅力精神，实堪钦佩！况侯博士兼学术与事业之长，不特为我国奠化学工程之基础，且其所著《纯碱制造》一书，尤为中外学者所共仰，允为我国工程学术界之光荣。"

黄海化学工业研究社

黄海化学工业研究社成立于1920年，其前身是久大精盐公司的化工研究室。黄海化学工业研究社在成立之初，主要是协助久大、永利调查和分析原燃物料，试验长芦盐卤的应用，其次是探讨研究方向。

范旭东先生为加强这个研究机构，充分发挥出它的效能，1922年8月把研究室从久大分离出来，成为独立的单位，改名"黄海化学工业研究社"。它是我国第一所私立化工研究机构。当时被称为"西圣"的孙学悟博士受范旭东之邀，毅然辞去英办开滦矿务局总化验师的高职，来到"黄海"出任了社长，学识渊博的张子丰先生任副社长。后来，留美归来的张克思、卞伯年、卞松年、区嘉伟、江道江等博士，留法归来的徐应达博士，留德归来的聂汤谷、肖乃镇博士，以及国内的大学毕业生方心芳、金培松等助理研究员，也先后来到了"黄海"。著名

拓展阅读
TUOZHAN YUEDU

的侯德榜博士当时也在"黄海"。

1928年起，黄海化学工业研究社研究得出用广东沿海的藻类为原料试制钾肥和碘的方法。同年5月，又采集山东博山铝土页岩矿石为原料，于1935年试炼出我国第一块金属铝样品，并用以铸成飞机模型，以志纪念。1931年，成立菌学室，开展对酒精原料和酵母的开拓、选择、研究，推动了我国菌学及酒精工业的发展。

"黄海"当时在世界上享有很高的信誉，经它检验的食品和商品，只要有"黄海"的印章，全世界均予承认。

1937年"七七事变"爆发，津沽沦陷，黄海社随久大、永利迁入四川，先在长沙，后在五通桥购地建房继续研究。1951年12月，黄海社归入中国科学院，至此，私立"黄海化学工业研究社"不复存在。

黄海化学工业研究所旧址现已成为全国化工系统、天津市和塘沽区的"爱国主义教育基地"和天津碱厂的厂史展览馆。

给民族工业插上"翅膀"

众所周知，酸和碱是化学工业的两大基础原料。然而在当时，氨、酸之类的化学产品，仍为卜内门公司和德商蔼奇公司所垄断。1928年，为着实现"科学救国"、"实业救国"的夙愿，范旭东决定建设一座以硫酸铵为主要产品，以硝酸、硝铵、硫酸为辅助产品大型工厂，为民族化工再添一翼。

1929年1月，范旭东向南京国民政府提出资助2000万元建设"国立酸碱厂"的申请，但未能如愿。1930年12月，南京国民政府将工商、农矿两部合并为实业部时，制订了十项实业计划，其中有办硫酸（即硫酸铵）厂一项。消息传出，英国卜内门公司和德国蔼奇公司都表示愿与中国政府合办硫酸铵厂。但在商谈中，他们先说中国不必办厂；继而又提出如果"合作办厂"，在12年内中国政府不得在湖南、湖北、江西、安徽、江苏、浙江、福建、四川八个省与其他公司开设新的硫酸铵厂；还坚持中国氮气公司的硫酸铵产品均由英、德两公司组织联合包销。因条件苛刻，商谈破裂。范旭东耳闻商谈经过，更增强了独办中国硫酸铵厂的决心。1933年11月2日，已取得了银行的

硫酸铵厂组图

资助的范旭东呈请实业部备案，自办硫酸铵厂，设计能力为年产硫酸铵5万吨。同年12月8日，经当时的行政院会议批准，特许建设永利铔厂（后改为永利化学工业公司宁厂）。

当永利公司承办硫酸铔厂的消息在内部传开后，《海王》杂志发表评论："以后我同仁用一分气力，便是得一分驱逐外力压迫的效验了。我（们）虽感觉到我们自己责任的重大，同时又欣喜我们得了直接替国家效力的机会。……我们现在只要各人在团体之中尽了自己的职务，同时便是替国家效了劳。这不是我们团体里学工业的人们、在工厂办事的人们平生的愿望吗？"范旭东也号召："我们同人尤其要意识国人盼望本公司是如何殷切，我们应当倍加奋励，莫辜负国人之期许；从前可以由平地造出碱来，今后驾轻就熟，

《海王》杂志

1928年9月，永利碱厂在天津创办了《海王》旬刊。它是"永、久、黄"三团体的喉舌。《海王》杂志为旬刊，是目前已知的中国最早企业内部刊物。范旭东非常重视这份企业杂志，经常给《海王》撰稿。1934年时，《海王》在"永、久、黄"团体内进行了广泛的团体"信条"征集与讨论，最后确定"永、久、黄"团体的共同"信条"是："我们在原则上绝对的相信科学；我们在事业上积极的发展实业；我们在行动上宁愿牺牲个人顾全团体；我们在精神上以能服务社会为最大光荣"。

从1928年创刊至1949年终刊，《海王》累计出版600多期。由于抗战期间企业内迁四川，《海王》几次易地出版，因此保存至今的十分有限。

中国化学工业的先驱
——著名化学家侯德榜

更易为力，切不可丝毫放松"。勉励员工"同下必死之决心，猛力前进，任何困难，自然消灭，成败之权，操在大家手里，报国立业，此其机会"。

建硫酸铵厂是一项耗资更加巨大，设备、技术更复杂的艰巨工程。为此，他们集中了"永、久、黄"团体的全部力量，成立了"永利、久大、黄海联合办事处"，又将"永利制碱公司"改建成"永利化学工业公司"，并任命侯德榜博士为公司的总工程师兼碱、铵两厂厂长，全面负责筹建。

经过反复考虑，永利公司最终将厂址定在了南京六合县卸甲甸（今南京大厂镇）。该地位于南京下关码头附近，依托广阔的长江航道，水运便捷且土质优良，是一个理想的建厂之所。此外，南京是中华民国的首都，距金融中心上海很近，对建厂的融资也很有帮助。1934年7月，永利铔厂开始在这里平整土地，修马路，造码头，建厂房。

永利硫酸铵厂全景

建造硫酸铵厂与当年永利碱厂的开创不一样，不存在技术保密的问题，面临的问题关键是怎么引进国外技术、选购设备，争取投资少而见效快。鉴于过去建设碱厂的经验和教训，范旭东与侯德榜商定：范旭东在国内掌管全局，侯德榜在美国负责选择技术，订购设备，组织设计。同时选派一批技术骨干随同侯德榜去美国办理有关工程技术事宜，并到同类工厂实习。所有对外的合同都委托纽约华昌公司李国钦为代表出面签订。

1934年4月8日，侯德榜率六名技术人员，从上海乘船赴美，进行设备的采购和技术学习。临行前，他和范旭东进行了一次交谈。侯德榜说："我想这次的设计和采购任务是否可归纳为优质、快速、廉价六个字。"范旭东沉思了一会儿微笑着点点头，说："好！这六个字很重要，我想其中应以质量为主，要优中求快，优中求廉，尤其是设计所选的工艺和设备都必须是先进的，在这方面如有闪失，将会给我们带来千古的创痛。另外，我想补充一句，日本帝国主义侵占我东北已三年了，现在热河又陷入敌手，华北危在旦夕。大敌当前，我们即使遇到优质、快速、廉价的日本货也不应该要，决不能贪小利而失大义。"

经过万里颠簸，侯德榜一行人到达美国。在办理

1934年4月8日，侯德榜率领技术人员赴美国考察前在上海合影。

入境手续时，美国移民当局对侯德榜一行态度恶劣、横生枝节，无理刁难。经侯德榜等据理力争，才勉强放行。对此侯德榜十分愤慨，后忆起此事，深感国弱政昏之痛，有诗为证："祖国昏沉思悄然，自悉无力可回天，从来有志空留恨，刀锯余生已几年。"这些经历使侯德榜更深刻地体会到"报国重任"的含义。一个国家没有实力，要在这个强权横行的世界里谈平等，要别人尊重你，这是不可能的。现今只有埋头苦干，尽快把硫酸铵厂搞上去，这才是实实在在的"报国重任"。

侯德榜首先在纽约设立了办事处，与各厂商联系、商讨永利铔厂的设计和采购事宜。

在选择设计厂家时，他先后与德、英、美有关公司接触，认真比较各自的工艺路线、投资费用、设计费用之后，才把合作目标定在美国。决定设计单位时，又在美国广泛询价，最后将杜邦公司和氮气工程公司的合成氨流程做了比较与核算，才确定采用氮气工程公司的设计，并签订了合同。

在订购设备时，由氮气工程公司按照设计提出工程所需设备的规格、性能及数量等，然后，委托华昌贸易公司向世界各有关公司征得报价，同时，侯德榜还要组织专人调查报价单位的信誉、实力、产品历史、

硫酸铵厂外景

使用效果等情况，再综合比较同一设备的质量、价格、交货日期等，通过谈判择优采购。最后由氮气工程公司按采购情况绘制施工图纸。这样，既可以掌握引进的主动权，又可以避免因设备来自世界各地，指标规格不统一造成施工安装的困难。为此，整个工程收发的函件达三万份之多。

在采购设备方面，侯德榜可谓精打细算。进口外国设备时，对必要的关键设备，不惜高价购自德国、美国、英国、瑞典所产的优质型号。至于辅助车间的设备，在保证质量的前提下，决不盲目到国外订货，尽量从旧货市场挑选廉价品或在国内采购，甚至是自行制造。这样分等分级采购和制造设备，不但保证了工程质量的先进性和工程进度，还节省了大量外汇和资金。侯德榜十分注意掌握行情，他巧妙地利用各国厂商之间的竞争，在议定价格时讨价还价。外商很佩服他，说："侯博士既是一位技术专家，又是一位市场行情专家。他还价经常是还到你既不大愿意卖给他，又舍不得甩掉他，实在让人没办法。"

有趣的是，侯德榜和人家谈判，每谈完一件事，总要千方百计的从厂家再要点"便宜"。譬如，买美国的制硫酸的全新设备时，另要了一套与该设备无关的硫酸铵生产工艺图纸，反过来又在别的厂家以废铁的价格买了一套制硫酸铵的设备；和瑞典谈妥购买硝酸设备，同时以向该厂购买一批当时市场上紧缺，而为永利碱厂烧碱车间所需的镍管作为附带条件。无怪乎美国几个著名厂家的经理都佩服他的精明能干。

侯德榜引进技术设备的另一个特点是将培训人才融入其中。侯德榜取得的成果都是从引进开始，认真学习、消化和吸收国外的先进技术，但又不拘泥于成法，经过日积月累，艰苦努力和全面创新，做到青出于蓝而胜于蓝。20世纪30年代，合成氨对我国来说是一项崭新的技术。他善于利用外商急于成交的心理，抓紧一切机会学习新工艺，增长才干，培养人才。与永利打交道的纽约外商，素知要和侯德榜做成买卖，一定要把有关技术问题彻底向他交代清楚，否则买卖很难谈成。侯德榜往往利用向厂方了解设备性能和质量的机会，索取资料和技术文件，要求参观制造现场

硫酸铵厂外景

和产品的使用单位。外商不胜其烦，但又无可奈何。在签订设备定购合同时，侯德榜经常要求承制厂方承担对技术人员的培训，借机在设计过程中就深入工厂，参与设备的设计、制作、安装、调试的全过程。最后还要求厂方负责安装、试车，直至投产稳定后，才进行结算。这一过程也就成了永利培养专家的过程。美国一家合成氨工厂的触媒车间，一向是戒备森严的。侯德榜为彻底掌握合成触媒的技术奥秘，买下全部有关专利，促使厂方公开秘密，指导永利人员掌握了该项技术，为日后自行生产打下基础。

工厂的核心设备是氨合成塔，全重达100吨，长十多米，从美国订货。当时我国还不具备这样大的陆运能力，这也是铵厂只能临水建设的重要原因之一。把合成塔从船上移到厂房需要大型起重机。若从国外进口起重机则需支付巨款，侯德榜派人到青岛、上海等地考察之后，决定先在厂内建机械车间，自己动手造两架大吊车。当合成塔从海口溯流直上运抵码头时，两台大吊车便联合把合成塔平安地吊到岸上，然后又用大吊车把合成塔沿铁轨拉进厂房，并用简陋的吊装设备把合成塔安装就位，范旭东为此向《海王》拍了急电，当做特号新闻刊登出来。来自国外的专家看到此情此景，在惊讶之余，无不佩服。

在纽约期间，侯德榜一度患很重的"枯草热"，夜间因鼻塞呼吸困难而失眠，白日精神疲倦，但仍天天坚持工作到深夜。也是同一时期，遭逢母亲去世，使他愁绪迭起。然而，他在写给一个友人的信中曾这样写道："设非隐忍顺应，将一切办好，万一功亏一篑，使国人从此不敢再谈'化学工业'，则吾等成为中国之罪人。吾人今日只有前进，赴汤蹈火，亦所弗顾，其实目前一切困难，在事前早已见及，故向来抱丝毫乐观，只知责任所在，拼命为之而已！最后成败，均看此时坚韧毅力如何，想同人已鉴及此矣！……"

1936年3月24日，侯德榜完成了工厂的设计和购机任务回到上海。与先后或同期回国的技术人员一道投入永利铔厂的建设当中。时有报纸描述"由下关乘该公司汽轮到厂参观，则于船中遥望卸甲甸数千公尺江岸硫酸铔厂建筑物，连云江上，气象森森，令人对中国化学工业前途，有特殊兴奋焉！"1937年1月31日，一座绵延数千米、管网密布、塔罐林立的化工联合企业终于在卸甲甸建成。这座规模宏大、工艺设备先进的现代化工企业，不仅在我国是规模最宏大、设备最先进的，而且在亚洲也是首屈一指的。

1937年是个令人难忘的岁月，元旦刚过，硫酸厂、氨厂、硝酸厂、硫酸铵厂，纷纷向总厂报告验收完毕，

1935年10月，工人用万吨起重机从外轮FERNWOOD上将大合成塔吊卸下来。

原料备齐，开工前的准备工作完成……我国第一座规模宏大，设备先进的化工厂即将投入生产。2月5日工厂正式投料生产，生产出了第一批"红三角牌"硫酸铵（时称肥田粉）。从此，"红三角牌"硫酸铵在全国供不应求。

范旭东在《记事》里写道："列强争雄之合成氨高压工业，在中华于焉实现矣。我国先有纯碱、烧碱，这只能说有了一翼；现在又有合成氨、硫酸、硝酸，才算有了另一翼。有了两翼，我国化学工业就可以展翅腾飞了。"

然而永利铔厂投入生产不到半年，抗日战争就爆发了。

塘沽属冀东范围，至7月底，北平、天津相继沦入日本侵略军之手。国难当头，范旭东"宁举丧，不受奠仪！"（宁肯给工厂开追悼会，也决不与侵略者合作）拒绝了卜内门的利诱"保全"和日本侵略者的恫吓，为了保存二十年来培养和聚集起来的技术力量，在当年的8月底部署永利、久大、黄海的主要科技人员，带好关键仪表，带好上万张图纸，分批乘船南下，再经香港转道武汉和长沙，之后又陆续转移进川。

而位于南京的永利铔厂同样没能逃脱日军的侵害。在抗战初期，永利铔厂就改生产化肥为生产硝酸铵，赶制炸药，以供应军需。然而，七七事变后不到半年，日本军队的炮火便蔓延到上海。在南京的卸甲甸，对硫酸铵厂垂涎已久的日本侵略者，开始不断向硫酸铵厂施加压力，他们曾先后三次以"工厂安全"相要挟，提出"合作"管理硫酸铵厂的要求。日本侵略者看中的是永利公司的军事价值，年产一万吨硝酸，可以制造几万吨烈性炸药。侯德榜和同仁们大义凛然，拒绝"合作"。利诱不成后，日本帝国主义者继以武力威胁，自8月10日起，永利硫酸铵厂竟先后三次遭到日本飞机的轰炸。

对永利铔厂的轰炸，使不少设备受到破坏，生产被迫中止。在这种紧急情况下，侯德榜遵照范旭东指

中国化学工业的先驱
——著名化学家侯德榜

示，组织职工紧急拆迁设备，并将人员和重要图纸转运入川，运不出去的图纸文件则付之一炬。而他本人则置个人安危于不顾，坚持最后一个撤离。

1937年12月13日，南京被日军占领。1938年1月，日本军部派三井财阀系统的三井物产株式会社和东洋高压株式会社代表进驻永利铔厂。1939年5月，永利铔厂改名"永礼化学工业株式会社浦口工业所硫铵工场"，战争后期，日军计划拟用硝酸设备制造硝铵，用于生产军火并制造化学肥料，因补给器材不足而未能得逞。于是，1942年将硝酸厂的全套设备劫运到日本九州，安装在大牟田东洋高压株式会社横须工厂。这套设备有8座吸取塔、1座氧化塔、1座浓硝塔。合计28套，1482件，总重550吨，全为高级合金钢板制成，其中仅作催化剂用的铂金网，就值4万美元。

南京范旭东广场

永利铔厂的变革

1934年2月24日，国民政府实业部批准范旭东承办永利铔厂计划；

1934年4月30日，永利化学工业公司在天津成立，范旭东任总经理；

1934年7月24日，永利公司在江苏六合县卸甲甸开始兴建永利铔厂；

1937年2月5日，永利铔厂生产出中国第一包化肥——"红三角"牌硫酸铵（时称"肥田粉"）；

1949年4月21日，中国人民解放军进驻永利铔厂，永利铔厂获得解放；

1952年1月1日，永利铔厂改名为"永利化学工业公司宁厂"；

1952年6月24日，永利宁厂改名为"公私合营永利化学工业公司宁厂"；

1958年7月1日，原公司合营永利宁厂改为南京化学工业公司公私合营永利宁厂；

中国化学工业的先驱
——著名化学家侯德榜

拓展阅读
TUOZHAN
YUEDU

永利碱厂旧影

1965年5月1日，南京化肥厂成立；

1965年5月10日，南化公司正式撤销；

1973年7月10日，中共江苏省委批准重新组建南京化学工业公司；

1973年8月15日，南京化肥厂撤销；

1990年9月15日，江苏省政府批复同意南化与连云港碱厂合并成立南京化学工业（集团）公司；

1997年11月，南化公司进入中国东联石化集团公司；

1999年7月，南化公司随东联进入新成立的中国石化集团，更名为中国石化集团南京化学工业有限公司。

发明"侯氏制碱法"

入川后的"永、久、黄"，为了支援前线抗日，决定在华西重新开拓化工基地。1938年，永利选定川西岷江岸边的五通桥为厂址，开始建设永利川厂。侯德榜被任命为永利川厂的厂长兼总工程师。1938年9月18日，也就是"九一八"纪念日当天，新的久大盐厂在自贡宣告成立。次年，永利川厂开始在五通桥兴建。为纪念塘沽本部，范旭东将永利川厂改名为"新塘沽"，意在燕云在望，光复之志不忘。

川西位于中国的腹地，远离沿海，当地只产井盐，而井盐与海盐相比，产量小，价格高。这就不适宜以

五通桥依山傍水，青山照映，绿水环绕，玲珑秀丽，民俗独特。清代诗人李嗣源称赞"烟火万家人上下，风光应不让西湖"，故有"小西湖"之称。

中国化学工业的先驱

1934年永利川厂开始办公，图为范旭东（前排右五）和川厂职工与国民政府实业部、资源委员会来宾合影。

苏尔维法制碱，必须寻求新的制碱工艺。当时德国新发明了一种察安制碱法，这种方法使食盐利用率提高到90%，而废液几近于无。当时的察安法在欧洲有专利出卖，另外抗战的局势也不容许人们按部就班地从头研究。为了早日建成华西化工基地，侯德榜决心屈尊求教，赴德国考察并购买察安法专利。范旭东十分支持侯德榜的想法。于1938年8月派他率代表团到柏林考察，拟议买下察安法专利。

而此时的德国正处在希特勒法西斯的统治下，政治上十分反动。在谈判购买专利的过程中，德方先出高价刁难，后又提出无理要求："将来使用察安法专利的产品，不准在东北三省出售。"当时，东北三省已被日本帝国主义侵占，成立了伪满洲国。侯德榜对这种丧权辱国的条件，十分气愤，当即据理批驳，暂停谈判，电告范旭东。范旭东大义凛然，提出："东北三省是中国的领土，我们的产品不仅要在东北销售还要向世界市场销售。"在柏林接到范旭东的电报后，侯德榜当机立断，决定终止谈判，并向国内国电："因有辱国权，不再购买察安法专利。"

　　为争这口气，他决心自己动手研究新的制碱法，这个想法得到了范旭东的支持。于是，侯德榜启程转赴纽约，创制制碱新路。

　　首先，他们决定先摸索仿试察安法。当年永利就在五通桥开始了试验。当时，四川科研器材、试剂、资料十分匮乏，

范旭东塑像

中国化学工业的先驱
——著名化学家侯德榜

举步维艰。次年春，范旭东决定在采购、通信条件较好的香港设立实验室开展工作。试验人员一面对已掌握的察安法有关数据进行复核，一面由侯德榜在纽约函电联系指导。侯德榜在纽约利用他丰富的制碱经验，深入地研究、分析了在德国得到的两份关于察安法的专利说明书，规划了新法制碱实验的全部内容，并对每一项具体目标和试验注意事项予以明确指示。他在纽约每周收到香港工作人员的汇报后，及时详加指导，经过500多次循环试验，分析了2000多个样品后，于年底大致把新工艺流程确定下来。后来，由于香港地理环境的局限，无法完成半工业性实验，只得把实验室分别迁至上海和纽约两地。

接着，侯德榜决定研究碳酸氢铵水溶液与食盐粉直接复分解的方法。1940年初，试验获得了初步结论，随即在上海法租界安排进行扩大试验。同时，增派技术人员到美国深入进行补充试验，并着手进行碱厂设计。1941年初，在美国的试验得到了准确的结论，而上海的新制碱法扩大的半工业性试验也初步得到了近似的结果，表明新法制碱初步成功。3月16日，永利职员在五通桥隆重集会，庆祝实验工作顺利完成。会上由范旭东先生提议，全体一致通过，将新发明的制碱法命名为"侯氏制碱法"，并电报远在美国的侯德榜表示祝贺。侯德榜却认为，新制碱法尚不理想，需要继续改进。他从纽约回信说："我无论如何决心把这个方法改进为连续法，因此，我已拟好了一个从合成氨开始的制造流程图，这个制造碳酸钠和氯化铵的新法，自然地把两种工业——索尔维制碱工业和氮气工业联结了起来。这样，我们对重化学工业，在技术上将有极重要的贡献。"

为了恢复生产，永利公司决定从美国购买碱厂器材。器材从美国运往四川，当时有两条路可走，一是经滇缅铁路，从越南海防直达昆明；二是用火车，从海防到同登，再用汽车接运，经广西、贵州到四川。1940年，法国在越南溃败，永利未运出的机件约有500吨，为日军拦截而去。永利进口的器材不得不改由路程更长、路线更崎岖难行的滇缅线内运。是年9月，范旭东亲赴美国，购置福特牌载重汽车200辆，又转赴缅甸首都仰光进行运输准备。但是等汽车运到，已经是1941年的秋季，这时日本偷袭珍珠港，太平洋战争爆发，中国香港、越南、缅甸相继为日寇所侵占，范旭东被围困香港，直到1942年3月才绕道回至重庆。而由于缅甸仰光失守，永利历经千辛万苦购买的大量物资设备，最后还是未能运回国内。川厂的大规模建设被迫停止。但即便是在这样的情况下，范旭东和永

中国化学工业的先驱
——著名化学家侯德榜

利同仁，仍一边为解救民族危机，想尽办法因陋就简，生产军用民生的急需，一边继续支持着侯德榜进行接下来的试验，即研究制碱流程与合成氨流程结合，连续生产纯碱与氯化铵的工业试验方案。

这之后，永利的技术人员和工人们按照侯德榜的方案，在川西五通桥建设了一套日产纯碱和氯化铵各几十公斤的连续法中间试验装置。1943年11月永利的技术人员在侯德榜的指挥下使用连续法进行开车试验取得了成功，确立了"侯氏碱法"的原则流程。至此，一个新创立的联合制碱法——侯氏制碱法完全确定。它远远超过了索尔维法和察安法，从而把世界制碱工业技术推向了更高的水平。

侯德榜研究成功的这个制碱工艺，是把氨碱法与察安法联合起来进行生产。这个制碱新工艺的主要优点在于，大大提高了原料食盐利用率，可达到95%以上，这样从等量的食盐中可生产出更多的纯碱；由于与合成氨法配合，食盐中的氯不再是生成无用的氯化钙，而是制成农业用的氮肥氯化铵，从而使原料食盐得到充分的综合利用；此外，还由于制碱与合成氨的联合，简化了生产流程，节省了设备，得以减少投资，使产品成本大为降低，与索尔维法相比较，纯碱的成本降低40%。

侯氏制碱法的原理及主要化学反应式

①NaCl（饱和）+NH₃+H₂O+CO₂ ═══ NH₄Cl + NaHCO₃↓

②2NaHCO₃ $\xrightarrow{\triangle}$ Na₂CO₃+H₂O+CO₂↑

第一步：氨气与水和二氧化碳反应生成一分子的碳酸氢铵。第二步碳酸氢铵与氯化钠反应生成的碳酸氢钠沉淀和氯化铵，碳酸氢钠之所以沉淀是因为它的溶解度较小。

根据氯化铵溶解度比氯化钠大，而在低温下却比氯化钠溶解度小的原理，在 278K ～ 283K（5℃～10℃）时，向母液中加入食盐细粉，而使氯化铵单独结晶析出供做氮肥。

侯侯氏制碱法的优点是：保留了氨碱法的优点，消除了它的缺点，使食盐的利用率提高到 96％；氯化铵可做氮肥；可与合成氨厂联合，使合成氨的原料气一氧化碳转化成二氧化碳，革除了碳酸钙制二氧化碳这一工序。

中国化学工业的先驱
——著名化学家侯德榜

同年12月，中国化学会特将第十一届年会安排在永利川厂举行。通过听取报告和参观试验车间操作运行，年会对"侯氏碱法"给予高度评价，并致函在国外的侯德榜表示祝贺。不幸的是，由于战争影响，条件困难，这套装置运转两个多月就停产了。

侯氏制碱法公布以后，轰动了世界化工界。侯德榜先后获得了中国工程师学会金牌荣誉奖章、范旭东纪念奖金奖章、美国哥伦比亚大学奖章及特赠科学博士、并荣任英国皇家学会学员及美国机械学会会员。但是，在成就和荣誉面前，侯德榜依然平静而谦虚地说："科学领域的客观规律，迟早会被人们发现的。联合制碱的研究工作欧洲也在进行，不过我们多做了一些工作，比较早些发现罢了。"

1943年，日寇溃败在即，范旭东亲自拟定了"十厂计划"，期待抗战胜利后扩充塘沽碱厂等，使中国化工成龙配套。为实现此宏愿，范旭东四处奔波筹措资金，并亲自赴美华盛顿进出口银行签订了1600万美元的信用借款合同。但因得不到国民党政府担保，贷款未能成功。

1945年10月4日范旭东辛劳过度，忧愤成疾，在重庆沙坪坝寓所逝世，享年62岁。他临终留下遗言："齐心合德，努力前进。"当时正在重庆与国民党谈判的毛泽东，为他题写了"工业先导，功在中华"的挽联。周恩来代表毛泽东亲往吊唁，敬献了与王若飞合写的挽联："奋斗垂卅载，独创永利久大，遗恨渤海留残业；和平正开始，方期协力建设，深痛中国失先生。"

复兴"永利"

范旭东的离去使永利集团犹失重心，上下沉浸在深深的悲痛之中。永利董事会忍痛节哀，公推侯德榜继任范旭东的永利化学工业公司总经理职。侯德榜深感自己一介书生，不胜此任。在屡辞不允的情况下，挑起永利化学工业公司这副重担。

这时抗战已经胜利，永利人员首先要做的事就是接收被日寇蹂躏了八年之久的永利塘沽碱厂和南京永利宁厂。经过敌人八年的摧残，工厂早已面目全非，各种设备损坏严重，特别是南京的硝酸铵厂只剩下一所破楼，所有设备全被拆盗一空。侯德榜立即向政府申请要求前往日本索回原物。国民党政府对向日本追还劫物表现消极，托辞由盟军总司令部统一处理赔偿，致使问题久悬不决，后经一再交涉，国民党政府才勉强准予办理，同时得到驻日盟军总司令部的同意。

永利立即派人在东京设办事处，并赴大牟田进行实地考察，发现设备完好可用。但设备中原有部件在日本使用期间损坏者，已另行配置，所以装置已非旧观。当向盟总物资保管组要求拆迁时，该组美国负责人竭力袒护日本，节外生枝，提出：对原有设备的归还毫无异议，但在日本修配的部分要一并归还，表示坚决不同意。永利驻东京办事处当即提出报告，向盟总进行交涉，提出：一、永利公司被日本劫去的设备是整套全新的，这一点可由日本占领期间永礼会社史的记载证明。日方另行装备的机件设备是更新，而非增设，归还应保持完整而可使用的水平；二、化工生

新中国成立后，"永利"和"久大"先后公私合营，1955年两厂合并，称永利久大沽厂，1968年3月更名天津碱厂。

公私合营后的永利化学工业公司制碱厂外貌

产的设备是一个整体，缺少任何一部分，都将使整套设备失去作用；三、远东委员会考虑到被劫物资的归还旨在补偿被害国的损失，这类化学工业设备必须整套归还，才有意义。同时中国驻日代表团也将经过情况呈报外交部，请在远东委员会上力争。

侯德榜为了争取劫物的归还，1947年7月7日亲赴日本，找到盟军总司令麦克阿瑟，并与远东经济委员会几度据理力争，寸步不让，两次和盟军总部的工业专家同到大牟田视察。对于美国只让拆还原件，不许拆走日本更换过的配件的意见，侯德榜严正宣布："这是不可能的，我们不能允许这样做。譬如说日本拆走了我们的一辆汽车，拆走时是能行驶的，到归还时，不论他们更换了轮胎，还是别的零件，也总得是一辆能开动的汽车才行，否则我们收回来做什么！"经过多次交涉，美方无言相对，终于同意归还大牟田的整套

中国化学工业的先驱——著名化学家侯德榜

硝酸设备。侯德榜不胜感慨地说："我们的新机器经过他们这么多年的折磨，我已经不能全认识它们了，它们真是憔悴不堪！"侯德榜，为了民族的利益，为了永利的利益，在日本和盟军司令麦克阿瑟面前直面对仗，不屈不挠地力争，终获全胜而归。经永利代表与日本政府两年零八个月的交涉，1948年4月11日设备被全部索回。

"侯氏制碱法"再现异彩

1947年，侯德榜受聘兼任印度塔塔公司顾问总工程师，先后5次赴印度指导改进该公司碱厂的设备和技术，使这个碱厂正常运转，生产出优质纯碱。1949年，侯德榜第5次赴印期间，得知中共中央领导人很关心永利的事业，并希望与他共商国家大计，使之十分激动，力克重重阻碍，辗转赶回北京。聂荣臻元帅亲自到车站迎接。就在开国大典前夕，万机待理的周恩来总理轻车简从地来看望这位驰名中外的科学家。周总理亲切、热情地同侯德榜握手问好，祝贺他克服重重困难，胜利地回到祖国，赞扬他的爱国主义精神，说他回来得很及时，永利公司需要他回来主持，新中国的建设事业需要他参与设计。几天后，侯德榜又受

碱厂设备

到毛主席的接见，毛主席详细地倾听了侯德榜对复兴工业的意见和范旭东十大化工企业的设想，对此表示赞赏。最后，毛主席对侯德榜提出殷切的希望："革命是我们的事，工业建设就要看你们的了！希望共同努力建设一个繁荣富强的新中国。"这话使侯德榜很受感动。

1949年9月，侯德榜出席了第一届全国政治协商会议。1950年党和政府为了使侯德榜的才能在新中国的建设中发挥更大的作用，任命他为中央财经委员会委员和重工业部化工局顾问。

侯德榜的"侯氏制碱法"，1943年虽在四川已有小规模的实验结果，但由于战争的原因"侯氏制碱法"的生产试验和建设工作被迫停止。抗战胜利后，永利职工忙于对沽、宁两厂的接收和恢复工作，国民党政府则正准备发动内战，根本不关心这项具有世界水平的科研工作。"侯氏制碱法"就这样搁置了6年之久。

1949年11月侯德榜等专家来大连化学厂和曹达工厂参观时，发现这两个厂南碱北氨，隔墙为邻，是发展"侯式制碱法"的理想之地，当即提议，在大连化

中国化学工业的先驱
——著名化学家侯德榜

学厂恢复建设过程中建立"侯式制碱法"的生产试验车间。

1952年，大连化学厂组成室内试验小组。通过试验，"侯式制碱法"的技术和理论得到进一步发展。1953年，永利、久大先后完成公私合营及合并工作。侯德榜开始指导大连"侯氏碱法"日产10吨的生产试验，并领导大型生产车间的设计建设工作。正当实验装置顺利投入全流程试验的时候，外国专家提出了"氯化铵肥效不佳，苏联不以氯化铵为肥料，也不搞联合制碱"的意见，试验工作陷于停顿。

为了弄清氯化铵肥效和市场问题，侯德榜开始进行调查研究。他发现国外早已开始用氯化铵作为肥料，使他更奇怪的是：在我国一面说农民不习惯使用氯化铵，怕将来氯化铵没有销路而取消了"侯氏制碱法"的生产试验，另一方面则因为农民的需要，而从日本进口大量的氯化铵，从而促进了日本氯化铵生产的发展。这些问题使侯德榜感到迷惑。

他打算把有关"侯氏制碱法"在技术上的先进性、在工业上实现的可行性、氯化铵肥效试验和实际使用情况，向党组写一份详细的报告，用以澄清对氯化铵的不正确看法，明确要求恢复并加速日产10吨的"侯氏制碱法"试验。当时有人劝他要谨慎，认为这是按照外国专家的意见由主管部门做出的决定，很不容易得到纠正，弄不好可能会引起想象不到的麻烦。

对此，侯德榜做了明确的答复。他说："第一，我是一个科学家。坚持科学真理，这是科学家的基本信念；第二，我目前虽然还不是一个共产党员，但我正申请入党，我应该用共产党员的标准来要求自己，坚持辩证唯物主义的真理，这是一个党员的基本信念，我写报告的目的无非是为了坚持真理。"

侯德榜的报告引起了中央的重视，经讨论，支持侯德榜把大连的试验搞下去。1957年，侯德榜到大连听取了有关试验工作的详细汇报，他根据需要，对试验的计划、技术力量配备等问题重新进行布置，使试验工作得到迅速进展。仅用一年时间就完成了各种试验。1961年4月，一座年产8万吨的"侯式制碱法"生产车间在大连化学厂投入试生产。通过三年的试生产，"侯式制碱法"大连生产车间已达到设备运转正常、生产操作稳定的要求，产品达到日产240吨的水平，纯碱质量达到部颁一级品标准，全面实现了国家规定的各项经济技术指标。1964年12月，"侯式制碱法"在大连通过国家鉴定验收，正式投入生产。经侯德榜建议，将"侯式制碱法"称为"联合制碱法"。

侯德榜邮票

1988年、1990年和1992年，中国邮政发行了三组"中国现代科学家"邮票，上面共有12位前辈科学家。他们都是各自的学科在中国的奠基人，或者做出了世界级的成就。其中就有侯德榜。但这张邮票上却有多处错误：1. 生产装置模拟图中的原料CO_2错印成CH_2。2. 第二个化学方程式写成化学反应式。因为式中的"$NaHCO_3$"(碳酸氢钠)前面已有系数2，表示这个化学反应式已经经过化学配平，其反应式符号"→"应该改为方程式符号"="。3. 第二个化学方程式应该把煅烧符号"△"标注改为"="符号的上方。4. 漏标"↑"和"↓"符号。

以上几种错误是在每枚侯德榜邮票中都存在的，在此版邮票中还单独存在着两种与众不同的错误。

1. 整版中第37枚加粗线。在此版邮票第37枚位置的一枚邮票的流程图连线中出现1mm长

"化学工业科学家侯德榜"邮票

度的加粗线，其他票该位置均没有此现象，有人称此枚票为小"错中错"侯德榜。

2. 整版中第47枚缺"+"号。第47枚邮票的第一个化学反应式中，生成的"$NaHCO_3$"和"NH_4Cl"之间缺少了一个至关重要的"+"符号，形成错中错（这个错误及加粗线票是其他48枚邮票所没有的）。和第37小"错中错"相比，有人把这枚缺"+"号侯德榜邮票称做大"错中错"。

2007版《中华人民共和国邮票目录》首次将侯德榜缺"+"号错票列入国家认可的错体邮票范畴，在邮票图片下方注有"a.化学方程式漏印'+'号"的注解（变异邮票或错体邮票，分别用a、b、c来表示）。

为我国化肥产业做出的贡献

　　20世纪50年代中期，我国为了发展农业，迫切需要发展化肥工业。1957年初，化工部提出了遍地开花办小氮肥厂的战略构想，在广大技术人员中开展了大讨论。讨论很快集中到氨加工品种选择这个关键问题。同年7月，侯德榜在大连碱厂参观食用碳酸氢铵小装置时受到了启发。他运用联合制碱新工艺的思路，进一步想出了把碳酸氢铵的生产融入合成氨生产之中的方法。合成氨生产流程中有个水洗工序，用水吸收变换气中的二氧化碳，可以使合成气净化。侯德榜设想，将水洗改成氨水洗，用合成氨车间生产的氨制成氨水代替水，吸收二氧化碳，可以在净化合成气的同时生成碳酸氢铵，使脱碳工序与氨加工车间合二为一。

　　这种办法，既不要特殊材料，又能大幅度降低氮肥厂的投资、能耗和产品成本；搞小型装置，不仅降低了设备制造、安装及生产操作管理的难度，而且产品可就地就近使用，能减少分解损失，节省包装运输费用。他立即向化工部提出建议，很快得到了部领导和广大技术人员的支持。通过进一步研讨、计算，侯德榜和有关设计人员拟定了工艺流程和设计方案。经

中国化肥基地之一——上海吴泾化工厂

部领导批准，决定首先利用上海化工研究院已有的合成氨车间加以改造，作为年产2000吨合成氨配8000吨碳酸氢铵的县级小氮肥厂示范试验装置。

1958年春，侯德榜率领一批技术人员到上海，与有关单位合作，进行设计、设备试制、安装及试验。时年68岁的侯德榜与大家同吃同住，爬高塔，下地沟，挑灯夜战，抢时间搞设计、施工。在工作中，侯德榜高度重视工程质量与节约，对技术问题一丝不苟，每张图纸都经他校核到每一个尺寸确实无误，再签字发出。为了降低设备制造难度，使没有大型水压机的省级机械厂也能制造全套设备，能确保设备质量，能安全运转，侯德榜特别注意革新制造工艺。其中，对于采用铸钢工艺取代锻造工艺制造高压容器（包括合成塔、铜液塔、碱洗塔等）之类重大问题，他既积极又慎重。一方面，他积极倡导，大力支持；另一方面，再三组织上海机电系统的有关人员研讨落实其可行性、可靠性及其相应措施。还亲自找当时在上

中国化学工业的先驱——著名化学家侯德榜

海工作的德国机械专家讨论，证核无误之后，才确定进行试制和试验。对其中高压高温运转的关键设备合成塔，他还亲自参加爆破试验，确证安全可靠才同意在小氮肥厂中采用。1958年4月底，示范装置建成，五一节那天按计划开车试验，当天下午顺利打通了全流程，生产出了第一批碳酸氢铵化肥。接着，在化工部安排下，由部分省市采用定型设计和统一制造的成套设备，陆续建设13套县级氮肥厂试验装置，从煤、焦造气到生产出化肥，进一步试验这种新工艺的广泛适应性，积累经验，以便大面积推广。

由于各地条件不尽相同，这13套装置存在不少因地制宜的差异，试验工作十分复杂，但侯德榜每次都要亲自深入各试验现场，调查研究，总结交流。1962年碳化法合成氨流程制碳酸氢铵化肥的新工艺通过了技术验收。之后，在全国各地迅速推广。其后的二十多年，全国采用这一方法建立中、小型氮肥厂一千多个，所产氮肥多年来一直占我国氮肥产量的一半以上，有力地促进了农业生产。1965年，国家科委特向以侯德榜为首的3位技术负责人和4个有重大贡献的单位颁发了发明证书，给予了表彰。

尊重人才　重视知识

侯德榜爱好学习，影响所及，在他周围形成了一派良好的学风。这也是侯德榜在培育科技人才方面的又一种特色。他惜时胜金，读书、看图、计算，成了他平生的主要爱好。他倡导"勤能补拙"，常说："就天赋而论，我不算聪明，但我深知'勤能补拙'的道理。一生所以有些许成就，除许多客观条件外，主观上就要归功于勤奋。"

在美国留学时，他因常在图书馆勤奋苦读而博得管理员的青睐，相交为友。参加工作以后，他刻苦学习的劲头也始终不衰。不论是20世纪30年代在美国为永利建设硫酸铵厂主持设计和采购工作时，还是20世纪40年代在美国为永利川厂主持设计、采购或是进行技术援外期间，他总是好学不倦。
当时他已经成为
世界上很有名望
的专家，但在繁
忙的工作中他仍
挤时间，带领在
美国的同事，坚

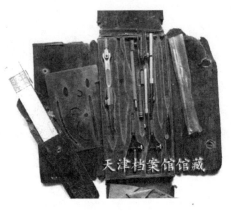

天津档案馆馆藏

侯德榜使用过的工具

持到美国机械工程师学会夜校专修机械、电气及钢结
构工程等课程，他还参加过仪表修理、自控原理等短
训班，甚至连演讲技巧之类的学习，他也乐于参加。
每参加一种学习，他都回来认真复习，做习题，以求
理解巩固。为了节省时间，每天他都利用上、下班乘
地铁的时间抓紧学习，从不间断。1958年，侯德榜已
是化工部的副部长了，他仍抓紧一切时间，如饥似渴
地进行学习，上班时间工作忙，他就利用午休时间阅
读书刊。1958年底化工部领导因侯德榜常年操劳，疾
病缠身，安排他到青岛和北京的小汤山去疗养，可他
却利用这一机会，带了大量的图书、资料，在休养所
为实现他多年来想写一本《制碱工学》的愿望而争分
夺秒地辛勤劳动着。四五个月过去了，他没有光顾过
青岛海滨的旖旎风光，也没有在北京小汤山芬芳幽静
的小路上留下漫步的足迹，在他的书桌上却渐渐堆起

一大叠书稿，每一页都凝聚了这位老科学家的心血，浸透了他的汗水。1959年国庆节前《制碱工学》出版，侯德榜将全部稿酬两万多元都作为党费交给了组织。20世纪60年代初他已年过古稀，为了开发我国的化纤工业，他不顾年迈，还率队到西欧去考察学习聚酰胺的制造工艺和设备。即使在"文革"期间他被迫在家里"病休"的时候，也一刻不离学习，去看他的人总会遇到他攻读、思索、计算。

侯德榜还十分重视实践，强调要在实践中学习，要掌握第一手材料。1961年夏天，他到太原化肥厂视察，为了了解煤气炉试烧白煤的情况，在三伏盛暑，他钻进炉内观察煤层分布与吹风情况。1968年夏天，石家庄化肥厂进行一种新流程试车，78岁的侯老到现场指挥，还爬上二三十米高的平台，观察合成塔余热锅炉及脱硫再生塔运转情况。为了摸清排水沟的堵塞原因，他曾手执电筒，钻进污秽不堪的下水道去观察检查；为了观察碳化塔的生产情况，他长期待在滤碱机旁进行检查，甚至连吃饭也不离开这氨味呛人的地方……他倡导"寓创于学"，既强调认真学习，又强调不盲从照搬；要在融会贯通的基础上，结合具体情况，改进、创新。他坚持科学态度，严谨认真，遇到疑难问题，总爱说："Down to root！（追到底）"，锲而不舍，一丝不苟地查找原因，核验数据，直到搞清问题，解决问题。在学术讨论中，他坚持民主，鼓励争论，从不以领导或权威自居，强加于人，或者匆忙做结论；总是以平等的一员参加，又勇于直抒己见，鼓励和引导深入讨论，直到取得基本共识。他认为，这不仅有益于解决技术问题，而且有利于相互取长补短，共同提高。

侯德榜的工作学习十分繁忙，但还是经常挤时间主动帮助青年技术人员学习提高。20世纪50年代他担任副部长、人大代表、政协常委等许多重要职务后，依然经常利用深入基层的机会，主动为工厂和设计院所的技术人员讲课，作报告，谈心得体会，介绍新技术、新知识，经常亲自处理答复大量请教技术问题的来信，审阅发明建议资料，审改书刊稿件。"文化大革命"中，他想到的仍然是工作。他不顾一切去大连视察联碱工业，深入车间了解情况；他和工人们一样挤车上、下班，一样排队买饭。病重住院期间，他在病床上坚持为一位技术员撰写的关于磷肥生产的书稿进行审阅、修改，直到病危，并为最终无力改完这本书稿而遗憾。

对妻子的一片深情

侯德榜是世界著名科学家，是英国化工学会的名誉会员和哥伦比亚大学少有的双学位博士。可是，很难想象他的患难与共的妻子，竟是福建农村的一位农家妇女。不管侯德榜一生中学术和社会地位怎样升迁，

侯德榜与妻子张淑春

他们始终相敬如宾，感情历五十多年不衰，可谓糟糠之妻白首偕老。

侯德榜留学美国，一别八年，全部生活重担都落在妻子张淑春身上，上要侍奉老人，下要抚育小儿，外要下田劳动，内要忙吃忙穿。

但这位善良贤惠的
女人，总是含辛茹
苦，任劳任怨。她
虽然大字不识，却
用自己的全部心血
去支持丈夫，使他
能安心于事业，无
后顾之忧。

　　侯德榜学成归来就任永利碱厂技师长时，他为了解决碱厂技术上的问题，就住在碱厂，也不回家接眷，直到1925年才在塘沽安家。到塘沽后，侯德榜为了永利事业，又曾三次前往美国，前后在美国居住达四五年之久。即使在国内期间，他也是南来北往，南京铵厂建成后，生活刚刚安定下来，抗日战争爆发。侯德榜又随工厂辗转东西，接着为设计川厂、研究新法制碱和着手采购设备，长期居住在美国，八年间，天各一方。有人做过粗略统计，自1904年侯德榜夫妇结婚到1949年侯德榜从印度回国，45年中，侯德榜总计出国13次，时间长达21年，加上在福州、上海、北京念书的8年和回国后在塘沽的三四年，总计有33年的时间分居，这还没有把他在国内出差的时间计算在内。在侯德榜60岁之前，夫妻之间不在一起的时间占3/4

多。

一生经历了不知多少次离别，直到新中国成立后，夫妻俩的生活才安定下来，才一起过了几年安适的生活。但是由于几十年的辛苦，侯夫人积劳成疾，侯德榜每次出差回来，总是坚持陪她去医院看病，翁妪相搀扶，关心体贴，无微不至。1958年元月，侯德榜正率领中国化工代表团在日本考察，夫人病逝的噩耗传来，侯德榜悲痛欲绝。在我国驻日办事处的帮助下，在大阪设灵堂，侯德榜庄重、恭敬、至诚地向夫人张淑春的遗像鞠躬致哀，越过重洋遥致心灵深处的哀思。侯德榜没能在妻子临终之时守在床前，始终感到是一生最大的遗憾。

侯德榜一生忠于他的妻子，深深地感激她对自己事业的支持。1963年春节期间，73岁的侯老在佳节之日更加思念自己的贤内助，挥笔将平日思念之情写成数首悼亡诗，其中二首是这样写的："十七来家结缡时，金婚七十已逾期。唯将白发守空房，报答半生死别离。""婚后离家几十年，死时见面也无缘。誓于晚年勤研究，答谢生平内助贤。"

侯德榜一生学习刻苦，办事严肃认真，同样也这样要求他的孩子们。家教严，是侯德榜的门风，甚至有时严到近于苛刻，体现了传统的严父慈母的观念。侯德榜对子女严于管教，在"严"中浸透了他蕴藏在心底对子女深沉的爱。他热切地希望他们成为有用之才。他用超人的刻苦精神来要求孩子，孩子对他敬而生畏。侯德榜一生没有任何嗜好，他一不吸烟，二不喝酒，三不饮茶，除了工作之外就是阅读科技资料和绘画图纸，从不与别人闲聊或下棋打牌。他的一生艰苦朴素但为培育科技人才却十分慷慨。他曾将自己帮助印度塔塔公司建设碱厂所得的每年三万美元的报酬，赠给黄海化学研究社，作为建设费用。除了捐助中华化学工业会和中国化学会外，他还捐资为家乡办学，为黄海化学工业研究社、中苏友好协会天津分会等添置科技书刊。

1973年11月，身患重病的侯德榜用颤抖的手，亲自给周总理写信："德榜年迈，体弱多病，恐亦不久于人世。一生蒙党和国家多方栽培，送外国留学，至今无以为报。拟于百岁之后，将家中存有国内较少有的参考书籍贡献给国家。请总理指定届时移存北京图书馆或中国科学院图书馆……"1974年8月6日，侯德榜因患脑溢血，医治无效逝世，享年84岁。根据遗嘱，他的子女将他珍藏多年的宝贵技术资料和书籍交给了北京图书馆。

世界制碱权威，我国化学工业的奠基人之一，著名科学家侯德榜博士，从青年时代起就抱着"科学救国"的理想，艰苦创业，为发展我国化工事业付出了毕生精力；他对世界学术界的卓越贡献为祖国赢得了荣誉。侯博士优良的工作作风，严谨的治学态度，高尚的思想情操和爱国主义精神，是我们治事为人的榜样。

中国化学工业的先驱
——著名化学家侯德榜

中华魂·百部爱国故事丛书
提　要

《誓与禁烟相始终——民族英雄林则徐》

林则徐严禁鸦片，坚决抵抗西方列强的侵略，坚持维护国家主权和民族利益。他是中国近代历史上第一位睁眼看世界的人，是抗击帝国主义殖民侵略的第一人，是中华民族抵御外侮过程中伟大的民族英雄。

《血洒虎门御敌寇——抗英将军关天培》

民族英雄关天培，在第一次鸦片战争中为了抗击英国侵略者的入侵而血洒虎门，为国捐躯，谱写了一曲可歌可泣的英雄赞歌。关天培用他的生命，书写了中国人民反抗外侮的历史。

《威震镇海靖节魂——抗敌英雄裕谦》

在第一次鸦片战争期间的众多牺牲者中，有一位官阶最高，他就是两江总督裕谦。裕谦与外国侵略者斗争立场坚定，与国内妥协派、投降派斗争态度坚决。裕谦督战镇海，与英国侵略军浴血奋战，临危不惧，以身报国，浩气长存。

《斩邪留正解民悬——太平天国领袖洪秀全》

农民出身的洪秀全，从失意文人到起义领袖，经历了长期的思想演变过程，在外敌入侵、清朝政府腐朽的历史环境之下，顺应时代的潮流，成长为一位非凡的历史英雄人物，建立了与清朝政府相抗衡的农民政权——太平天国。

《仰承汉唐　荟萃中外——近代数学家李善兰》

李善兰是我国19世纪重要的科学家之一，在数学、天文学、力学等方面都有重大建树。他继承了我国古代数学的成就，又以极大的热情传播西方科学文化，"仰承汉唐，荟萃中外"，把自己的一生献给了科学事业。

《严谨治学　勇于探索——近代著名数学家华蘅芳》

华蘅芳，中国近代数学家之一。其精通中国古算学，并熟练掌握西方近代数学，是中国验证抛物线并著书立说的参与者。为了证明"外国有的，中国也能造"而鞠躬尽瘁，在引进西方科学技术、传播科学知识上贡献卓著。

《折冲樽俎护山河——近代著名外交家曾纪泽》

曾纪泽是中国近代史上著名的爱国外交家，在中俄伊犁交涉事件中，他秉承抵抗列强、保卫国家的坚定意志，利用外交手段全力同沙俄抗争，捍卫了国家主权、民族尊严，收回了祖国的领土，在近代中国外交史上留下了光辉的一页。

《甲午海战留英名——民族英雄邓世昌》

邓世昌，北洋水师名将。本书以邓世昌的成长过程为线索，以代表性的历史故事为主要内容，还原真实的历史事件，突出鲜明的人物性格。邓世昌因在中日甲午海战中突出的英雄气概而名垂史册，书写了伟大的爱国主义篇章。

《誓与舰队共存亡——北洋水师提督丁汝昌》

丁汝昌处在清朝政府的腐朽和李鸿章的专断下，难以施展爱国的抱负，壮志未酬，愤恨而终。但丁汝昌为建立近代海军作出的巨大贡献，带领北洋舰队爱国官兵勇抗强敌的英雄事迹，将永远为后代所传颂。

《镇南关上凯歌扬——抗法老英雄冯子材》

1885年中法战争中，年逾古稀的冯子材为抵御外国侵略，勇赴国

难，大败法军于镇南关，并乘胜追击，接连收复文渊、谅山等地，从根本上扭转了中法战争的局面，成为近代民族英雄的杰出代表。

《屡败法军逞英豪——黑旗军将领刘永福》

刘永福是黑旗军的创建者，是农民出身的杰出军事家、政治活动家。在19世纪发生的援越抗法、中法战争中，他率部与帝国主义侵略者进行了殊死的战斗，建立了卓越的功勋，成为我国近代史上著名的民族英雄，为后世所景仰。

《矢志变法强国家——戊戌变法领袖康有为》

康有为是清末民初最有影响力的思想家之一。他领导了中国知识界的启蒙运动，掀起了一场自上而下的政体改革。他最早在中国提出了立宪政体和具体的宪政方案，主张在坚持儒家传统和帝制的前提下，学习西方经验，他的进步思想对近代中国具有深远的影响。

《开民智以报国　普新知而图强——戊戌变法思想家梁启超》

梁启超，中国近代史上著名的政治活动家、启蒙思想家、史学家、文学家，戊戌变法领袖之一。本书以百日维新思想家梁启超的成长过程为线索，以代表性的历史故事为主要内容，还原真实的历史事件，突出鲜明的人物性格。

《我自横刀向天笑——维新志士谭嗣同》

谭嗣同在民族危机的严重时刻，投身改革救中国的洪流。为了带给祖国一个光明的未来，紧要关头，他挺身而出，用自己的鲜血激励后人，把宝贵的生命献给了变法事业。

《睡乡敢遣警世钟——用生命警策国人的陈天华》

陈天华是民主革命的活动家和宣传家。他写的《猛回头》《警世钟》等书，起到了革命启蒙的重大作用。为了激发留日学生的爱国情怀，他不惜投海自杀，演出了近代史上感人至深的一幕，给后人留下了难忘的印象。

《革命军中马前卒——民主斗士邹容》

革命乃"至尊极高，独一无二，伟大绝伦之一目的"；它是"天演之公例，世界之公理，顺乎天而应乎人"的伟大行动。因此，必须"仗义群兴革命军"。他激情高呼："革命独子万岁！中华共和国万岁！"这就是《革命军》的作者，中国近代著名资产阶级革命宣传家邹容。

《休言女子非英物——鉴湖女侠秋瑾》

为民族解放和妇女解放而英勇斗争的秋瑾，冲破封建礼教的思想牢笼，打碎封建精神枷锁，崇仰真理，追求光明，主张共和，坚持男女平等，最终献出了自己年轻的生命。

《血溅校场　杀身成仁——民主斗士徐锡麟》

本书讲述了反清志士徐锡麟弃文从武、投身反清革命事业，最终被清政府杀害的故事。出于对国家的热爱，徐锡麟献出自己的生命，他的事迹将永远激励后人深切缅怀这位民主革命的先驱。

《生可死耳　我志长存——献身民主的禹之谟》

禹之谟，民主革命党人，同盟会会员，近代资产阶级革命家、实业家。1886年，20岁的禹之谟"提三尺剑，挟一卷书"游历四方，研究西方社会政治学说，忧国忧民之心日趋强烈。戊戌变法失败，他丢掉改良幻想，倡革命救亡之说，走上民主革命道路。

《物竞天择　适者生存——资产阶级启蒙思想家严复》

严复是中国近代著名的启蒙思想家、翻译家和教育家。他长期从事教育和翻译事业，为近代中国人才培养和思想启蒙做出了重要贡献，同时他也为中国的翻译事业和中西思想文化交流做出了重要贡献。

《辛亥革命急先锋——资产阶级革命家黄兴》

黄兴，清末民初资产阶级革命家，中华民国开国元勋。黄兴在武昌首义及辛亥革命时期的爱国表现，与孙中山闻名于当时，常被时人以"孙黄"并称。本书以资产阶级革命活动实干家黄兴的成长过程为线索，歌颂了先辈伟大的爱国主义精神。

《矢志革命　百折不回——近代民主革命家廖仲恺》

廖仲恺追随孙中山踏上了创立民国与捍卫共和制的旧民主主义革命

之路；在新民主义革命时期，他为建立、巩固首次国共合作和实施三大政策，英勇奋斗，为国殉职，洒尽了一腔热血。

《将军拔剑南天起——护国英雄蔡锷》

蔡锷是中国近代史上的杰出军事家、爱国者。他的一生短暂而伟大。辛亥革命爆发，他毅然投身于革命洪流之中，领导云南重九起义，对武昌起义积极响应。袁世凯窃国复辟、恢复帝制的阴谋暴露出来以后，他又毅然举起了武装讨袁的旗帜。

《反帝反封建运动——五四青年的爱国故事》

五四运动是一次伟大的反帝反封建的爱国运动；是一个伟大的历史转折点；是中国人民的斗争从挫折走向胜利的一个关节点，它为中国的前进开辟了一条全新的道路，拉开了中国新民主主义革命的序幕。

《思想自由　兼容并包——著名教育家蔡元培》

蔡元培是中国近现代著名的民主革命家和教育家，一生经历风雨，却始终信守爱国和民主的政治理念，致力于废除封建主义的教育制度，奠定了我国新式教育制度的基础，为我国教育、文化、科学事业的发展做出了富有开创性的贡献。

《为国家争光　为民族争气——中国铁路之父詹天佑》

詹天佑是我国最早的杰出铁道工程师，因主持建造京张铁路而闻名中外，被誉为"中国铁路之父"。他为祖国的铁路事业贡献了毕生的精力。本书向读者展示了詹天佑热爱祖国、科技兴国的辉煌人生。

《实业救国　衣被天下——轻工之父张謇》

张謇是爱国实业家、教育家。他年轻时中过状元。过了40岁，开始投身工商实业活动中，他的名言是"富民强国之本在于工"。在南通，创办大生丝厂、银行等各种实业。并将创办实业的大部分所得投入教育。他的观点是，教育和实业一样，也是"富强之大本"。

《心向革命　追求光明——平民将军冯玉祥》

冯玉祥将军"是一位从旧军人转变而成的坚定的民主主义战士"。

抗日战争期间，他辗转各地，用实际行动积极抗战。日本战败投降后，他为了断绝美国的援蒋内战，又在美国四处演说，揭露蒋介石统治之黑暗，痛斥美国阴谋分裂中国的不良行为。

《刑场上的婚礼——革命烈士周文雍　陈铁军》

周文雍是广州起义的主要领导人之一。陈铁军出身于华侨商人家庭，却毅然投身革命洪流。1928年1月，两人接受派遣，回到广州假扮夫妻从事革命斗争，却不幸被捕。临刑前，两位烈士将敌人的枪声当作自己婚礼的礼炮，用生命和爱情谱写出一曲千古绝唱。

《星星之火　可以燎原——井冈山斗争的故事》

1927—1929年，毛泽东、朱德等老一辈革命家，在井冈山创建了农村革命根据地，进行了艰苦卓绝的斗争，建立了新型革命武装，点燃了工农武装革命之火，找到了农村包围城市最后夺取政权的中国革命的正确道路。

《新民学会的主要发起人——中国共产党早期革命家蔡和森》

蔡和森青年时期曾与毛泽东等人一起组织进步团体新民学会，参加五四运动，并在赴法国勤工俭学时研读大量马克思主义著作，回国后以满腔热忱投身革命事业，成为中国共产党早期重要的理论家和宣传家。

《威震黄浦江畔　高奏抗日壮歌——一·二八淞沪抗战》

面对日本侵略者的挑衅，十九路军在蒋光鼐、蔡廷锴的带领下，高举义旗，奋力一搏。一·二八淞沪抗战，是中国军人捍卫军人荣誉和祖国尊严所发出的吼声，谱写了一曲抗击日军侵略的英雄壮歌。

《将军恨不抗日死——慷慨就义的吉鸿昌》

在国难深重的20世纪30年代，吉鸿昌将军因拒绝执行国民党指示，坚决不打内战，被迫携眷出国"考察"。回国后，他加入中国共产党，组织了民众抗日同盟军，英勇打击日本侵略者，后于1934年11月被国民党反动派杀害。

中国化学工业的先驱
——著名化学家侯德榜

《献身革命　甘于清贫——梅岭忠魂方志敏》

大革命失败后，方志敏凭着"两条半步枪"起家，身经百战，创建了赣东北革命根据地和红十军。本书真实记录了方志敏投身于革命、领导红军和敌人进行艰苦卓绝斗争的经历，歌颂了烈士贫贱不移、威武不屈、献身革命的高尚品质。

《奏响中华最强音——人民音乐家聂耳》

聂耳在他有限的生命中创作了数十首革命歌曲，在抗日救亡运动中，聂耳的这些歌曲产生了广泛深远的影响。他的音乐创作为中国无产阶级革命音乐的发展指明了方向，树立了榜样。

《横眉冷对千夫指——中国文化革命主将鲁迅》

鲁迅不但是伟大的文学家，而且是伟大的思想家和伟大的革命家。在那风雨如晦的黑暗年代里，他以笔为投枪，同一切帝国主义和反动派进行了顽强的战斗，为中国人民树立了一个不朽的丰碑。他是新文化战线上的一面光辉旗帜，是我们伟大民族的灵魂。

《铁流两万五千里——红军长征的故事》

红军长征是人类历史上的一次伟大的壮举。第五次反"围剿"失败后，中国工农红军的三大主力在极端艰难的条件下，突破国民党军队的围追堵截，进行了史无前例的战略大转移，总行程达两万五千里以上。途中发生了许多动人故事，至今令人难以忘怀。

《荣辱不移革命志——创建陕北红军的刘志丹》

刘志丹是杰出的无产阶级革命家、军事家，西北红军和西北革命根据地的主要创始人之一。他一生热爱人民，追求真理，英勇善战，百折不挠，艰苦奋斗，忠心赤胆，为创建红军和革命根据地、为中国人民的解放事业建立了不可磨灭的功勋。

《英名永存北平城——爱国将领佟麟阁　赵登禹》

1937年7月28日，日军向北平郊区发动进攻。第二十九军副军长佟麟阁奉命在南苑率部与日军苦战，腿部受伤，头部被敌机炸伤，壮烈殉国。第一三二师师长赵登禹指挥部队顽强抵抗日军，右臂中弹负伤，仍继续作战。后在转移途中遭日军截击而牺牲。

《八百壮士　四行仓库铸军魂——谢晋元和他的战友们》

八一三抗战，中国军人以血肉之躯揭开全面抗战的帷幕。这是一场血战，是中国军人不屈不挠的英雄诗篇，其中的八百壮士守四行，成为这首英雄颂歌中最动人、最凄美的音符。一曲四行保卫战，铸就了不屈的军魂。

《八女投江　气贯长虹——八位抗联女战士》

抗日战争时期，以冷云为首的东北抗日联军8名女战士，为捍卫民族尊严，面对凶残的日寇，镇定自若，宁死不屈，投江殉国，表现了中华民族同敌人血战到底的英雄气概。她们的光辉形象，激励着千千万万的后来人。

《艰苦抗战　威震敌胆——著名抗日英雄杨靖宇》

杨靖宇将军是我国著名的抗日民族英雄。曾先后担任磐石游击队政治委员、东北抗日联军第一军军长兼政委、抗日联军总司令等职。领导军民对日寇坚持了长达9个年头的艰苦卓绝的斗争，最终以身殉国。

《死也不当亡国奴——镜泊抗日英雄陈翰章》

陈翰章，从1932年8月投笔从戎，直到1940年12月8日为抗击日本侵略者，战死在镜泊湖畔。他在抗日疆场上奋战了九年，他那可歌可泣的英雄事迹将为人们永世传颂。

《名将殉国　气壮山河——抗日将军张自忠》

著名抗日将领、民族英雄张自忠，生于忧患的时代，抱有"宁为百夫长，胜作一书生"的志向，经历过失败与低谷，最终成就了慷慨人生。本书主要以人物活动为主，勾画出一个真正的"民族魂"鲜活的人生，会带给读者振奋的力量。

《宁死不辱战士名——狼牙山五壮士》

1941年日寇在河北易县"扫荡"。为掩护群众和主力部队撤退，五

位八路军战士毅然把敌人引上了狼牙山棋盘坨峰顶绝路。弹尽粮绝、无路可退，五位英雄纵身跳下了万丈悬崖，用生命和鲜血谱写出一曲惊天地泣鬼神的壮举。

《太行浩气传千古——抗日名将左权》

左权，中国工农红军和八路军高级指挥员，著名军事家。是八路军在抗日战场上牺牲的最高指挥员。名将阵亡，太行山为之垂首，全党为之悲痛。周恩来称他"足以为党之模范"，朱德赞誉他是"中国军事界不可多得的人才"。

《虎将兴关外　抗倭统雄师——抗联英雄赵尚志》

本书描写了久经考验的共产党员、东北抗联的创建者和主要领导人赵尚志，在艰苦卓绝的条件下，坚持抗战，威震敌胆，战功卓著，忍辱负重，忠贞不屈，为国捐躯的英雄故事，为青少年读者呈上一部爱国主义的佳作。

《黄埔之英　民族之雄——抗日名将戴安澜》

抗日名将戴安澜，先后参加保定、漕河、台儿庄、武汉、昆仑关等战役，作战英勇，屡建奇功；入缅作战，"扬威国外，藉伸正义"；守东瓜，复棠吉；殒身缅北，遗恨丛林，马革裹尸，成就了光辉的一生。

《爱国志士　民主先锋——新闻出版家邹韬奋》

本书讲述了邹韬奋献身新闻出版事业的奋斗历程，展现了一位新闻工作者坚定的革命信念和炽热的爱国主义精神，全心全意为人民服务、为读者服务的奉献精神，歌颂了他的高尚情操和优良品质。

《为抗战发出怒吼——人民音乐家冼星海》

人民音乐家冼星海，青年时期在巴黎求学，饱尝屈辱与磨难；学成后毅然回到多灾多难的祖国，用满腔热忱谱写激昂的音乐，鼓舞中华儿女的斗志；奔赴延安，谱写出不朽的名作《黄河大合唱》，发出中华民族抗日救亡的怒吼。

《全民皆兵　抗击日寇——抗日战争的故事》

中国人民进行的十四年抗战，是一百多年来中国人民反对外敌入侵第一次取得完全胜利的民族解放战争。这场战争是以国共两党合作为基础，有社会各界、各族人民、各民主党派、抗日团体、社会各阶层爱国人士和海外侨胞广泛参加的全民族抗战。

《捧着一颗心来　不带半根草去——人民教育家陶行知》

陶行知是我国现代教育史上伟大的人民教育家、教育思想家。他从青年起就立志献身教育事业，以"捧着一颗心来，不带半根草去"的赤子之心，为人民的教育事业鞠躬尽瘁。

《为民主与和平拍案而起——民主斗士闻一多》

闻一多早年与梁实秋等人发起成立清华文学社。赴美留学期间由对祖国的深深眷恋而创作著名的《七子之歌》。后在西南联大任教8年，积极投身于抗日运动和争取民主的斗争，发表了著名的《最后一次讲演》。

《铁窗难锁钢铁心——革命先烈王若飞》

王若飞是我党早期杰出的无产阶级革命家。在艰苦卓绝的斗争中，他出生入死，屡建奇功，以超人的睿智和胆略，在敌人的监狱中，同敌人展开了殊死的较量，为抗战的胜利和新中国的诞生做出了卓越的贡献。

《横扫千军　还我河山——抗联名将李兆麟》

李兆麟是东北抗日联军创建人之一，他率领抗日联军历尽千难万险与日本侵略者浴血奋战，在极其艰苦的条件下，保存了抗日联军的有生力量，为东北光复做出了重大贡献。

《锄头开出新天地——解放区大生产运动》

为了解决困难，渡过难关，党中央号召党政军民齐动手，开展大生产运动。中国共产党在其控制区域内发动的一场军队屯田和鼓励生产的群众运动，达到了自己动手丰衣足食，共度难关，既进行革命又进行生产自足的目的。

中国化学工业的先驱——著名化学家侯德榜

《生的伟大　死的光荣——女英雄刘胡兰》

刘胡兰，坚贞不屈的少年女英雄。生前对我国劳动人民的解放事业无限忠诚，在敌人威胁面前，大义凛然，毫无惧色，英勇牺牲，表现了共产党员的高贵品质。

《饿死不领美国救济粮——爱国知识分子的楷模朱自清》

朱自清作为爱国知识分子的典型，以锐利的笔锋直言痛斥反动政府的暴行，体现了他崇高的爱国情怀和不畏恶势力的精神品格。毛泽东曾给朱自清先生以高度评价："一身重病，宁可饿死，不领美国的'救济粮'"，"表现了我们民族的英雄气概"。

《为了新中国前进——舍身炸碉堡的董存瑞》

伟大的英雄，中国人民的儿子董存瑞，从儿童团长成长为一名光荣的解放军战士，在1948年解放隆化县城时，舍身炸碉堡，为新中国献出了自己年轻的生命。他的英雄形象永远留在人民心里。

《宁死不屈的共产党员——革命烈士江竹筠》

江竹筠，就是著名的江姐。1947年春，她负责《挺进报》工作，只几个月的时间，报纸就发行到1600多份，引起了敌人的极大恐慌。由于叛徒出卖，江姐不幸被捕，惨遭毒刑的残酷折磨，仍坚贞不屈。最后被特务秘密枪杀，年仅29岁。

《抗美援朝　保家卫国——志愿军的战斗故事》

抗美援朝战争是中国人民志愿军为援助朝鲜人民、保卫祖国安全，与美国为首的"联合国军"发生的战争。在朝鲜牺牲的志愿军烈士们，他们英勇的战斗事迹、保家卫国的精神值得我们发扬光大。

《上甘岭上壮烈歌——黄继光和他的战友们》

在1952年10月的上甘岭战役中，黄继光和他的战友们在零号阵地半山腰被敌机枪火力点压制，此时，黄继光身上已经多处负伤，手雷也已全部用光。为了完成任务，减少战友的伤亡，他用自己的胸膛堵住正在扫射的敌机枪射孔，为反击部队扫清了前进的道路。

《诗书印画　全入神品——国画大师齐白石》

齐白石出身贫寒，做过农活，当过木匠，后改学雕花木工，从民间画工入手，摹古人真迹，学诗文书法，融汇古今，而诗、书、印、画俱佳；他将中国画的精神与时代的精神统一得完美无瑕，使中国画得到国际的重视，无愧于"国画大师"的称号。

《毕生为文化而奋斗——中国第一出版家张元济》

张元济参与、主持和督导商务印书馆近六十年，使其从简单的印刷企业转变为当时中国教育出版的旗帜。张元济一生爱书，在中华大地动荡不安的年代里，他用自己对文化的热爱，续存着中华民族灿烂悠久的文明之光。

《独树一帜　梨园大师——著名京剧表演艺术家梅兰芳》

梅兰芳，京剧大师，演唱风格独树一帜，世称"梅派"。曾先后赴日本、美国、苏联演出，并荣获美国波摩那学院和南加州大学的荣誉文学博士学位。作为一位爱国者，抗战期间蓄须明志，拒绝为日本人演出，为后世称颂。

《华侨旗帜　民族光辉——爱国侨领陈嘉庚》

陈嘉庚是著名的爱国华侨领袖、企业家、教育家、慈善家、社会活动家。他为辛亥革命、民族教育、抗日战争、解放战争、新中国的建设做出了卓越的贡献。生前被毛泽东誉为"华侨旗帜、民族光辉"。

《向雷锋同志学习——伟大的共产主义战士雷锋》

雷锋，一个平凡而伟大的共产主义战士，一心向着党，一生秉承着全心全意为人民服务、无私奉献的崇高思想；发扬刻苦学习和钻研理论的"钉子"精神；坚持勤俭节约、艰苦奋斗的优良作风。毛泽东为其题词："向雷锋同志学习。"

《人民的好公仆——县委书记的好榜样焦裕禄》

焦裕禄，被誉为县委书记的好榜样。他用自己的革命精神，展开了与大自然、与社会落后现象、与病魔的多重抗争，让我们领略到一

个共产党人的生之伟大、死之壮美的人格品质和具有现实教育意义的精神魅力。

《文学巨匠 京味大师——人民作家老舍》

老舍是我国现代小说家、文学家、戏剧家。他用融入骨髓的真诚文字反映生活的喜怒哀乐。老舍的一生，总是在忘我地工作，他是文艺界当之无愧的"劳动模范"，生前被北京市人民政府授予"人民艺术家"的称号。

《革命老人——无产阶级教育家徐特立》

徐特立是一代伟人毛泽东的老师。他出生在贫苦家庭，大部分时间生活在动荡艰苦的年代；他刻苦勤奋，不畏艰辛，追求光明，一生勤俭，为革命培养了大量的人才；他对党和人民任劳任怨，鞠躬尽瘁。他坎坷奋斗的一生，留下了许多可歌可泣的故事。

《人生能有几回搏——新中国第一个世界冠军容国团》

容国团先后担任中国乒乓球队运动员、女队主教练。获得1959年男子单打世界冠军；1961年夺得男子团体世界冠军；作为中国女队主教练，1965年率女队第一次夺得女子团体世界冠军。他的"人生能有几回搏"的豪言，举国传诵。

《石油工人一声吼 地球也要抖三抖——铁人王进喜》

王进喜，新中国第一批石油钻探工人。他为祖国石油工业的发展和社会主义建设立下了不朽的功勋，在创造了巨大物质财富的同时，还给我们留下了宝贵的精神财富——铁人精神。他被评为"百年中国十大人物"，写入中华民族的光辉史册。

《做人民需要我做的事——著名地质学家李四光》

李四光是一位伟大的科学家，他一生从事地质学研究工作，足迹遍布祖国的山川，为祖国探明了许多地下宝藏；他创建了崭新的学说——地质力学；他历尽重重困难，为正确认识地质构造开辟了一条新路。

《中国化学工业的先驱——著名化学家侯德榜》

为摆脱纯碱需要进口的窘况，20世纪初，怀着"实业救国"梦想的中国化工先驱侯德榜等人创办了永利碱厂，并立志生产出中国人自己的碱。1926年，永利碱厂终于成功地生产出"红三角"牌纯碱，从此中国制碱业得以跨入世界先进行列。

《毕生求是　一丝不苟——著名科学家竺可桢》

著名科学家竺可桢献身科学研究；治学严谨，一丝不苟；一生廉洁，两袖清风；作风民主，爱护学生。他以爱国之心、报国之志，从一个民主主义者逐渐成长为一个共产主义战士。

《热爱自然的大地之子——著名植物学家蔡希陶》

蔡希陶，五十载风雨，五十载坎坷，五十载奋斗，五十载开拓，为了发现对人类生产、生活有用的植物及新物种的引进而做出巨大贡献，在中国的植物资源学史上将永远镌刻着他的名字。

《高洁无私的襟怀——知识分子的楷模蒋筑英》

蒋筑英是中国当代知识分子的先锋典范，他不为名，不为利，尊重科学；他以坚忍的毅力和顽强的作风，在科学的道路上呕心沥血，鞠躬尽瘁，无私地奉献了青春和生命。

《迎接新生命的天使——卓越的妇产科专家林巧稚》

林巧稚是国内外享有盛誉的妇产科专家。在五十多年的医学教育和临床实践中，林巧稚亲自接生了五万多婴儿，治愈了数千病人，培养了数以百计的专门人才，为我国的妇女儿童事业做出了不可磨灭的贡献。

《独自成千古　悠然寄一丘——国画大师张大千》

张大千是20世纪中国画坛最具传奇色彩的国画大师，无论是绘画、书法、篆刻、诗词无所不通。在艺术界深得敬仰和追捧，艺术家们用真挚的感情，用绘画和雕塑展现了"张大千"多彩的艺术形象。

《建造中国的通天塔——著名数学家华罗庚》

中国当代著名数学家华罗庚，为中国数学的发展做出了无与伦比的贡献，他是中国解析数论、典型群、矩阵几何等多方面研究的创始人与开拓者，也是我国最早将数学理论研究与生产实践紧密结合的科学家。

《问鼎长天　强我国威——两弹元勋邓稼先》

邓稼先是我国著名科学家，参加组织和领导我国核武器的研究、设计工作，从对原子弹、氢弹原理的突破和试验成功及其武器化，到新的核武器的重大原理突破和研制试验，作出了重大贡献。是我国核武器理论研究工作的奠基者之一，被誉为"两弹元勋"。

《敢叫天堑变通途——桥梁专家茅以升》

中国著名的桥梁专家茅以升从小立志为祖国建造桥梁，经过不懈努力，他不仅设计建造了一座座宏伟壮观、坚固实用的道路桥梁，而且搭建了一座座友谊之桥，为祖国建设作出了卓越贡献。

《蘑菇云之梦——核物理学家钱三强》

被誉为"中国原子弹之父"的核物理学家钱三强，更名后立志于科技报国；24岁投师于世界著名核物理学家居里夫妇；与夫人何泽慧合作，发现铀的"三分裂""四分裂"现象；统领我国的原子大军，做了大量创造性工作。

《两离桑梓地　满怀雪域情——领导干部的楷模孔繁森》

孔繁森，是一位一尘不染、两袖清风的好干部。两次进藏工作，历时十载，为西藏的建设、发展和稳定作出了突出的贡献。1994年11月，孔繁森不幸以身殉职。人民群众称他为新时期领导干部的楷模。

《摘取数学皇冠上的明珠——著名数学家陈景润》

陈景润是享誉世界的数学家，为了证明"哥德巴赫猜想"，他以惊人的毅力在数学领域里艰苦跋涉，终于攻克了世界著名数学难题"哥德巴赫猜想"中的"1＋2"，创造了中国乃至世界数学史上的辉煌。

《学术独步　饮誉四海——享有国际威望的科学家卢嘉锡》

卢嘉锡是一位在国际科学界享有崇高威望的物理化学家、化学教育家和科技组织领导者。1945年，卢嘉锡满怀"科学救国"的热忱回到祖国，对中国原子簇化学的发展起了重要推动作用，他所指导的新技术晶体材料科学研究，也取得了重大成绩。

《德艺双馨　梨园楷模——著名豫剧表演艺术家常香玉》

常香玉1941年赴陕甘演出。1948年在西安创办香玉剧社。1951年为支援抗美援朝，率剧社巡回西北、中南、华南各地演出，以演出收入捐献"香玉剧社号"战斗机一架，素有"爱国艺人"之誉。

《文学大师　激流勇进——著名作家巴金》

本书以巴金生平和主要事迹为线索，回顾和展示现代著名作家巴金的一生，以期让人们看到巴金在这风云变幻的100多年中，有过成功的欢欣，有过屈辱的磨难，有过痛苦的忏悔，有过平静的安宁。巴金的人生，映照着一代中国五四知识分子坎坷而不平凡的命运。

《壮心系科学　孜孜为国昌——理论化学家唐敖庆》

本书讲述了唐敖庆从出国求学、学业有成、回国任教，到服从安排、艰苦工作、刻苦钻研，最终成为中国量子化学奠基者的过程。让人们看到了这位著名化学家的赤心爱国、严谨治学、大公无私的崇高品格和科研上的卓越成就。

《中国导弹之父——著名科学家钱学森》

当第一颗原子弹升空的时候，当中国的人造卫星奏响《东方红》的时候，当中国运载火箭腾空而起的时候，当中国研制的导弹准确命中目标的时候，人们都会想起他的名字：中国导弹之父钱学森。

《中国近代力学的奠基人——著名科学家钱伟长》

钱伟长曾以中文和历史两个100分的成绩考入清华大学。九一八事变后，钱伟长毅然放弃了文科的学习而转为理科。他是中国近代力学、应用数学的奠基人之一，在固体力学、流体力学以及航空航天领域，取

中国化学工业的先驱

——著名化学家侯德榜

得了卓越的成就，为新中国的现代化建设付出了毕生的精力。

《中国光学科学的奠基人——著名科学家王大珩》

王大珩是我国著名的科学家，中国光学科学的奠基人。他先在清华就读，后赴英国求学，学业有成，立志科学救国，其成就享誉神州。他以科学的求是精神和赤诚的爱国情怀，探索着中国光学发展的闪光之路。